U0925488

春灯公子

张大春　著

自 序

原始素朴的故事里有一切关于文学起源的奥秘。那些故事，往往也不在封面上题写着小说（novel）字样的书里。我们一般把最原始素朴的故事称为民间故事，打一包，戳上印，民间二字了事。

众所周知，民间故事以口耳相传的方式流布了许久。社会形态的变异如果不怎么大的话，故事或可能经历了较长时间而依旧能够保持原貌。

然而这并不是恒定的现象。故事在流传途中，历经不同的讲者、穿越不同的语境、透过现实的刺激和打磨，就会像历史、新闻、谣诼及所谓街谈巷议之类的文本一样，产生变化。

《列子·汤问》上有一段对话，汤问革：世上之物，什么大？什么小？什么长？什么短？什么同？什么不同？

本来是空空洞洞的提问，没想到还真有答案。革说了一个格局宏大的故事：

一开始，革描述了故事发生的背景，是极为遥远的所在，在渤海之东不知几亿万里，此处有五座岛山，周边三万里，顶平之处也有九千里宽。山上遍生金玉之树、珠玕成丛，这些奇珍异宝的植被还都是美味的食物，吃了可以让人不老不死。而此地所居住之人更不得了，都是仙圣之类，朝夕飞来飞去，不可计数。

但是这些仙人圣人仍然有烦恼，原来这五座仙山没有地根，常随波潮上下浮荡，不能恒定。于是便向上帝诉愿，请求稳住岛山的地基。上帝答应了，派遣了十五头巨鳌，分三班分别承载，各鳌班时一次六万年，互相轮替。如此一来，五座仙山才算是稳定了。

谁知道有一个名叫龙伯的巨人之国，国人不过几千，可是仗着他们身形巨大、膂力惊人，居然一口气钓走了六头巨鳌，把龟甲扛回本国去作占卜之用。于是有两座岛山漂流到北极，沉于大海，那些仙人圣人便通通迁移到远方，再也不回来了。

上帝大怒，灭了龙伯之国，而且将巨人变得短小。想当初在伏羲神农时代，龙伯国人还有几十丈高，到了后来，便只有九寸到一尺五寸高了。

汤与革的对话，不只这些。他们还说起了荆南有冥灵树，以五百岁为春，以五百岁为秋。而上古有一种大椿树，以八千岁为春，以八千岁为秋。

此外，在腐朽的土壤上，有一种朝生暮死的菌类；春夏之间更有一种蠓蚋因落雨而生、见阳光而死。

北方再北方，有一个地方叫溟海，也就是天池，据说天池里的鱼有几千里长，它的名字叫鲲；还有一种鸟，名字叫做鹏，翅膀有如天上垂下的云朵。以上所说的这些，有的大、有的小；有的长、有的短，正是汤和革原本对话的宗旨。

列子《汤问篇》接着说：世人怎么可能知道有这些人、事、地、物的存在呢？答案是："大禹行而见之，伯益知而名之，夷坚闻而志之。"

作为一个小说作者，尤其生于现代，经常自诩为创造之人，殊不知我们充其量不过是夷坚、伯益、大禹。一旦听到了、看到了可喜可愕之迹，就急忙转述于他人，此市井之常情，一切都是听说而已。这正是春、夏、秋、冬系列作品的本质，一言以蔽之：民间。

十九年来，天下人闲话天下事，你都听说过了？

序·春灯宴

春灯公子大宴江湖人物是一年一度的盛事，此会行之有年，几与寻常岁时典祀无二。虽然说是例行，然而本年与会的是些什么样的人物，又在什么地方举行，行前一向是不传之秘。直到应邀之人依柬赴约，到了地头儿，自有知客人前来迎迓，待得与众宾客相见，才知究竟。

这个一年一度的饭局，总在岁暮年初之间，应邀者感于春灯公子盛情，往往排除万难，千里间关，无论跋涉如何辛苦，总期能与当世之豪杰人物一晤，把酒相谈是幸。据说首会之地是在会稽镜湖之东，地名东关，简直是海内第一水榭，古称天花寺的所在。相传吕文靖尝题诗于寺，云：

贺家湖上天花寺，
一一轩窗向水开。
不用闭门防俗客，
等闲能有几人来。

到南宋年间，天花寺仍然完好如初，陆务观也有《东关二首》，云：

天华寺西艇子横，
白苹风细浪纹平。
移家只欲东关住，
夜夜湖中看月生。
烟水苍茫西复东，
扁舟又系柳阴中。
三更酒醒残灯在，
卧听潇潇雨打篷。

不过，到了放翁作诗那时，天花寺三面皆是民间庐舍，前临一支港，景观大异于前。有人说是寺本在湖中，后迁徙于草市通衢之上云云。春去秋来，星移物换，到了春灯公子首会天下英雄的那一年，去放翁作诗之岁，又不免过了数百载，天花寺居然又给修葺完好，依样轩窗向水，绰影浮光，端的是一座庄严、清静又雅洁的兰若，谁也说不上来算不算是恢复了吕文靖题诗之时的旧观，可谁都说相去非唯不远，而辉煌壁丽，怕不犹有过之？当年此会盛况非凡，时时有人说起，总道辗转识得与会者某某，又闻听人说起某人自陈与会之事如何。总而言之，街谈巷议，蜚短流长，一直不曾断绝。

这春灯公子究竟是个怎样出身？什么家世？籍隶何处？资历如何？有些什么事功著述？仿佛谁也说不清楚。有说他是王公贵胄之后的，有说他是达官显宦之子的，有说他祖上有范蠡、邓通之流的人物，家道殷实，却一向禁绝子孙涉足于名利之场，是以积数十代之财货，富可敌国，却鲜有忌之、害之甚或知之者。由于大会江湖豪杰之事甚秘，外人往往无从得窥情实，只能任人谣传讹说，也就没有谁能考辨精详，加之以聚会之地忽南忽北、徂东徂西，令人难以捉摸，一旦宴罢，人去楼空，原先的繁花盛景、灯火楼台，居然在转瞬之间就空旷萧索起来。让参与过盛会的人物追述回忆，亦皆惘然，故而连春灯公子的祖居家宅究竟何在，都是个谜了。

大花寺一会之后，春灯公子暴得大名，人人争相问讯：此君如何能将这么些了不得的大人物相邀共至、齐聚一堂？给问到的与会之人不觉茫然，窃喜一念：原来我也算是个了不得的大人物了？大人物不常见，几年例会下来，反而形成了另一个局面：自凡是有头有脸的江湖大腕，不论是管领着一帮一派，或者传承着某家某学，甚或精通一艺而能闻达于百里之境者，乃至偶发一事而能知名于三山五城之外者，多有到处探听春灯公子行踪的。打从年头直到年尾，总有这么样的话语在口耳之间飘荡盘桓：“可知今年‘春灯宴’邀了些什么人哪？”

“春灯宴”成了个现成的名目，这应该是天花寺之会后五六年间的事。虽说春灯公子本人从来没用过这个名目招徕宾客，可它毕竟是喊响了。传闻之中，“春灯宴”上还有相当动人的花样儿。

风闻打从“春灯宴”初开之岁，就沿袭了成例，每会当天自辰时起迎宾，无何道远路近，客人们总在前一日都齐聚于馆舍了。相识不识一照上面，对于彼此皆为春灯公子座上之客的身份都已经了然于胸，自然相互礼遇，一团和气。即使偶有些人物，曾经闹过大小尴尬，一旦在这场合上相见，也往往收拾起意气，待宴罢之后，相揖别过，有什么过节，也只能等后会之时再算了。正因如此，有许多江湖上碍于情面，不好相商的人物，往往还巴望着能在“春灯宴”上不期而遇，以便排难解纷。可这还不能算是人人期盼于“春灯会”上的花样儿。真正的花样儿，叫“立题品”。

总在开宴当日申牌时分，春灯公子的一十六位童男童女侍从就会引出这么一个人物，此人或老或少，或男或女，年年不同。一亮相，不必多言，众人自然都明白了：这位一定就是今年“立题品”的说话人。这位说话人究竟有些什么能为？是怎么从众宾客之中拣选出来的？其事甚秘，近二十年来，谣诼纷纭，没有能说准的。然而无论如何，应邀与会之人都不免发些想头：说不得今年到会之日，给那一十六位童男童女给请上台去“立题品”的就是我呢。是以人人来到“春灯宴”之前，总不免琢磨着要说一个足以令人咋舌称奇的故事。于是，但见蚁蹭蝇聚之人莫不晃脑摇头，挺腰踮脚，满心巴望着有那童男女来请移驾登台——自然，失望的多。

“立题品”之所以成了江湖中人参与“春灯会”的一个想头，自然是有缘故的：但凡是登台说出一则首尾俱全的故事来的，春灯公子登时濡墨挥毫，或吟以诗，或填以词，为这故事所述的人物下一个题品，书成一卷，发付裱褙匠人收了，究竟装裱之后如何庋藏？如何展示？也无人详其下落。倒是有那么一阕词，因为江左裱圣左彦奎不慎丢失，原件辗转沦落，居然在数十年之后给误植进茗畹堂重刻的《纳兰（容若）词》词集之中，亦殊可怪——这是岔话，就不多说了。

回头说待春灯公子将诗、词题品一挥而就，当下就给这说话人也奉上赤金万两，号曰“喉润”。润喉之资，竟过于中人之家一生一世的开销，手笔之大，教人最是啧啧称奇。奉上银票之际，往往就是每年“春灯宴”热闹到极点的一刻。

春灯公子最早流传于世的诗词，就是这二十则题品。此乃斯人斯文首度问世，谨先胪列其一至十九品于后：

方观承·儒行品

七古一首：

代有文豪忽一发，偏如野草争奇突。

铺张咫尺擒清英，肯向风尘申讨伐。

吾辈非今兼妒古，疑他李杜笑屈父。

惊闻举世不观书，却对灯灰吹寂苦。

宁不知樽前几度竟成欢，且乐鲸吸化羽翰。

一饮三吟羞梦呓，百年九死悔儒餐。

狼毫飒飒攀银壁，龙墨般般伏玉盘。

再约明朝看笔迹，犹知波磔愧蹒跚。

悄赋留仙曲，忍听录鬼簿。

临老见真章，平生欣然托。

达六合·艺能品

潇湘夜雨一阕：

醉卷洋流，怒酣云气，暑天一夜清飔。
挟山排闼送淋漓。
敲瓦疾，飘零剑影，翻帖乱，寥落蛇碑。
凝神处，挥驰不碍，遍扫新词。

墨无浓淡，妆非深浅，耐得经时。
倩狂风稍息，留月斜窥。
才一瞬，惊波破纸，尽几笔，卓礫凝思。
夸神武，何须电母，毫末到高枝。

朱祖谋·机慎品

满庭芳一阕：

渐入春山，泥涂花信，蝶去朝梦留迟。
夜凉蒸透，云在最高枝。
何若扬州苏轼，憔悴里、偷铸新词。
吟哦处，青衫竹杖，冷落到天涯。

宁知游兴老，三分宿醉，一片归思。
想独雕残句，闲赋新题。
古道西风瘦马，也不过、些许情痴。
争如我，闭门读史，开口变传奇。

李纯彪·洞见品

水龙吟一阕：

斜眉笑看英雄，十方风雨阑干泪。
危楼慢倚，红尘流盼，无情如此。
羁旅江湖，断魂魏阙，暗销王气。
想惊弓断戟，残山剩水，
音书绝、人归未？

浅尝莼羹鲈鲙。
趁烽烟、寄苍茫意。
绸缪万里，向黄昏处，目无余子。
痛快恩仇，沉酣歌舞，飘摇天际。
教渔樵看了，闲言碎语，几番滋味。

黄八子·侠智品

鹧鸪天一阕：

击缺银壶趁醉骄，
繁华看尽最无聊。
蓬山不应殷勤唤，
浊酒还愁寂寞消。

尘劫外，怨歌遥，
客船今夜共听潮。
残诗草罢灯焚过，
独送相思上九霄。

双刀张·巧慧品

七律一首：

逐客风尘逐客游，
蓬飞到处不堪留。
怜萤暑夜曾捐扇，
挂剑寒窗惯梦鸥。
莫笑痴人书咄咄，
宁知野趣鹿呦呦。
邻翁劝进樽中月，
仰尽初霜白满头。

张天宝·运会品

沁园春一阕：

帐卷残风，梦碎珠帘，抖擞暗尘。
渐清明云月，苍茫芦雪，匆匆聚散，往往随人。
佐读青灯，临书白素，一向消磨差似贫。
吹烟看，念山余断树，雨急飘莼。

纷纭、国破无痕，更不忍无椎虚刺秦。
算年华辜负，豪情枨触，稍嫌厌气，未便灰心。
驰骋飞涎，诛伐硕鼠，墨染闲池惊莠民。
吾何憾，幸诗翁解饮，帖字销魂。

史茗楣·奇报品

夜半乐一阕：

几时别过重聚。稍经点染，仍似胭脂驻。
数玉兔盈亏，唤郎依据。
浅深怎地，殷勤照拂，
却闻几番娇呼，失神无语。
更哪见、蟾枝滴零雨。

隔帘里外见识，面抚芳茵，魂飞烟树。
离恨久、良宵当然虚度。
欲听消息，难说气候，
泊时短短长长，不知朝暮。
待潮退、阑干拍千处。

岂有他故，箪竹吹凉，绣衾抱住。
恨只恨残红唾香褥。
也依依、谁教匝月才倾吐。
休懊恼、待扫花边雾。
落英仍湿君归路。

荆道士·憨福品

七律二首：

便上秋山伴酒壶，
盘空影细似飘须。
潇潇雨过舒长醉，
疾疾风来试腐儒。
敢向新亭夸志气，
犹哀故国肆狸奴。
丛林深处谁相唤，
一酹江关有鹧鸪。

深垂绛帐幸垂名，
愿效鸿鹄向古行。
野笔何须沾圣露，
荒坟幸自掩清英。
常从典籍知风力，
近事权谋远庶情。
搦管稍嫌毫末冷，
谁怜卅载一挥轻。

韩铁棍·勇力品

七律一首：

风横在野蔽天低，
力拔残云迫日西。
忍道相思霜不冷，
犹惊作别剑先啼。
重逢又近重阳节，
烂斧争如烂醉泥。
与尔同欢须趁酒，
能催咳唾作征鼙。

靴子李·义盗品

七律二首：

冷月沉竿雨在蓑，
蛮烟处处压渔歌。
滩头拍急苔痕浅，
瓮底倾空怨望多。
饵诱生涯浑拙计，
鱼藏心事付清波。
闲情爱道江湖远，
十载江湖一剑磨。

英雄惜命遗相知，
忍看夷门执辔时。
晋鄙勘符应合节，
侯嬴计死更离奇。
屠家已惯铅刀割，
贵胄难酬壮士痴。
此咏非关忠与义，
古来忠义不全尸。

范明儒·练达品

七律一首：

雾失羊碑浑岁暮，
茶余猴栗愧生涯。
经年乏味疗饥字，
此夜添香快意诗。
一律清吟初赋懒，
常怀得意老成痴。
听燃爆竹三千个，
但觉声声送旧迟。

金巧僧·聪明品

七律一首：

乱叶息风声弄铁，
寒栖忍看铬摧花。
江湖赏识尘衣客，
殿阁笙歌锦笛家。
野望京门孤鹫远，
恩迁岭店夕阳斜。
幽居不到人间世，
怕听邮鞭喝树鸦。

九麻子·诡饰品

七律二首：

不信甘泉路不平，
积忧立解赖苏琼。
步兵厨下凝天禄，
饮马窟边卧戍卿。
栗瀑空悬荒径隐，
秫田任熟老渊明。
呼来共席非袁灿，
困觉春残一杖横。

一石犹应添五斗，
八仙不必论三停。
途穷径向邻姬卧，
意适常依曲院听。
披发踞床高阮籍，
扬裈谢客效刘伶。
裁诗便作仙泉颂，
颠倒人居太白星。

插天飞·狡诈品

七律一首：

松风夜引万刀横，
雨后淅零淬剑声。
有酒频催诗意老，
无弦更觉客心清。
吟追律细敲壶缺，
叹看烟轻拂月明。
莫笑忧怀思伏莽，
初凉天气已凉情。

潘鼓皮·薄幸品

金缕曲一阕：

哭笑红尘耳。
纵分离、一时来去，天涯长记。
看破深情真偶得，未便花笺密意。
任词里充填翻悔。
人比疏花还寂寞，更归时月落凉如水。
谁领略，生滋味。

芳菲散漫无时已。
奈何听、丝弦错落，一般弹泪。
难学潘郎消掷果，怎料佳人知己。
独难舍几番新醉。
也似愁春非病酒，岂贪欢教说香衾里。
思念否，常相忆。

狮子头·褊急品

七律一首：

染翰轻盈愤世深，
神思到纸气森森。
挥毫如将三千士，
打鬼能安百万心。
板荡偏怀孤节久，
蜩螗更见异声沉。
愁肠不为新醅醉，
独有骚诗对古吟。

菖蒲花·顽懦品

青玉案一阕：

寻常寂寞归南浦，
更几棹、轻舟渡。
梦得猿啼催客句，
三声离别，五夜零雨。
赚取微波舞。

魂飞惯到游山处，
踏尽芳华不知暮。
肯向云深寻去路。
忽然寒意，悄然私语。
帘外春如许。

李仲梓·贪痴品

瑞鹤仙一阕：

黯然销魂矣。

便万里飞来，共此沉醉。

萧萧在深蕊。

肆风流缠祟，又欢何事。

蜂情蝶意。

到春霖、丝丝是泪。

润高枝，几点迢递。望断斜阳荫里。

无计。

一天涯远，赶算程途，梦中归来，

抱衾而已。

该忘得，艰难记。

对红颜趁早，迟伤粉褪，

毕竟年华容易。

看诗情老，咏声哀，浮生如水。

不知不觉之间，“春灯会”已经二十年了；之前十九春秋，一年一度一会的十九则题品尽在于是。到了第二十年上，会于福岛北湾东郭百级楼。这一日捱到黄昏，众宾客正嘈嘈嚷嚷、纷纷纭纭地猜测：今回不知又轮到什么人物、说些什么样儿的故事。忽然，楼外坊巷里传来一阵吆喝，听声仿佛是叫卖零食果子的小贩——此等人物，自然是不足以言与会的了——孰料这小贩也忒胆大，一声霹雳也似地叫唤，道：“世上风流都叫他春灯公子品论遍了，但不知公子自个儿又算得哪一品呢？”

众宾客怕失了礼仪，未便啧声，不意春灯公子却闻言大笑，道：“说话人不是说话人，问得倒是在行。请教楼外这位：十九年来，天下人闲话天下事，你都听说过了？”

十九年来，天下人闲话天下事，确乎不可不知……

方氏一门三大臣，
要从一个人的
故事说起。

壹·方观承·儒行品

乾隆十三年三月，方恪敏公观承由直隶藩司升任浙抚，在抚署二门上题了一联：“湖上剧清吟，吏亦称仙，始信昔人才大；海边销霸气，民还喻水，愿看此日潮平。”这是有清一代督抚中文字最称“奇逸”者。

嘉庆十八年，也是三月，方观承的侄儿方受畴亦由直隶藩司升浙抚。这个时候，方观承的儿子方维甸已经是直隶总督了。人称方观承是“老宫保”，方维甸是“小宫保”。早在嘉庆十四年七月，方维甸也就以闽浙总督暂护浙抚篆。数十年之间，父子叔侄兄弟三持使节，真是无比的殊遇，于是方维甸在父亲当年题联的楹柱旁边的墙上又补写了一联：“两浙再停骖，有守无偏，敬奉丹豪遵宝训；一门三秉节，新猷旧政，勉期素志绍家声。”还在联后写了一段长跋，记叙这桩家门幸事。

方氏一门三大臣，要从一个人的故事说起。一个人，一支笔，其余全无依傍。

话说杭州西湖东南边有座吴山，不知打从什么时候起，出了个卖卜的寒士，人称方先生。方先生年岁不大，可是相术极准，颇得地头儿上的父老敬重；也因为相术准，外地游人不乏冲他去的，地方上的父老就敬重得更起劲儿了。

约当此际，杭州地界上有个姓周的大盐商，生平亦好风鉴之术，遇上能谈此道的人，无不虚怀延揽，专程求教，搞到后来，由于求速效，没有时间和精力穷究天人之际、通古今之变，只好跟一个号称“五百年来一布衣”——赖布衣嫡传的第十六代徒孙学技。赖布衣是宋徽宗时代的风水大师，实为天下名卜，一脉师承到了清初，算算真有五百年。传到这不知名姓的徒孙，宣称保有赖布衣的一身布衣。这身破布衣，也是五百年前古物——可见人要是出了名，就连死后，身上的东西也会多起来。

且说这周大盐商殚银三万两，跟着赖布衣的十六代徒孙学成“随机易”——看了什么，无论动静，只消心头有灵感，都能卜，人们称道他门槛精到，未必是要巴结他有钱。他真算出过一件事，据说救了一整条船队的盐货，还有几百条人命，功德极大。

周大盐商有个女儿，做父亲的从小看她的相，怎么看，怎么看出个“一品夫人”的命来，于是自凡有上门来议婚的，一定左相右相、上下打量，总一句话打发：“此子同小女匹配不上。”如此延宕多年，女儿已经二十多岁了，却没有一个凡夫俗子有一品大员之相，能入得了周大盐商之法眼的。

有那么一回，盐商们一同到庙里行香，遇上大雨，来时雇的没顶的轿子行不得也，只好盘桓于寺庙左右，正遇见方先生的卜摊。周大盐商自然不必花钱问卜，可他一眼瞧出这卖卜郎中骨骼非凡，又见他转身走出去一段路，更觉此人奇伟俊逸——原来方先生每一步踏出，那留在地上的脚印都是扎扎实实的“中满”之局，也就是今天人称的“扁平足”了。

周大盐商大乐，确信为贵人，上前问了年庚籍贯，知道方先生中过秀才，入过泮，有个生员的资历在身，而且未婚，年纪也同自己的女儿相仿佛，益觉这是老天爷赏赐的机会，而且秀才是“宰相根苗”，岂能不礼重？遂道：“先生步武严君平后尘，自然是一桩风雅之事，不过大丈夫年富力强，还是该锐意进取，起码教教书，启蒙几个佳子弟，教学相长，不也是一桩乐事？”

“步武严君平后尘”，说的是汉代蜀郡的严遵，汉成帝的时候在成都市上卖卜，每天得钱百文，足敷衣食所需，就收起卜摊，回家闭门读《老子》。后来著有《道德真经指归》，是大文学家扬雄的老师，终其一生不肯做官，活到九十几岁。

周大盐商用严遵来捧这方先生的场，可以说是极其推重了；方先生也知音感德，谦词道谢了一阵，才说："我毕竟是个外乡人，此地也没有相熟的戚友，就算想开馆授业，也没有代为引荐的人哪！"

周大盐商即道："方先生果然有意教书吗？我正有两个年纪少小的儿子，能请方先生来为我的两个孩子开蒙吗？"余话休说，方先生欣然接受了。周大盐商亲自备办了衣冠什物和一些简单的家具，很快地就把方先生延聘到家里来住下了。过了半年，发现这方先生性情通达，学问书法俱佳，周大盐商便展开了他早已预谋的第二步计划——重金礼聘了媒妁，纳方先生为赘婿。

尽管风鉴之术有准头可说，周大盐商却怎么也没料到自己的命理也该照看一下——这一对新人才合卺不多久，他自己就得急病死了。偌大一份产业，全由长子继承下来。

周家的长子生小就是个膏粱子弟，根本看不起读书人。父亲一死，就不许两个弟弟念书了，还说："学这套'丐术'做什么？"方先生在房里读书，新娘子也数落他："大丈夫不能自作振发，全仗着亲戚接济也不是办法。连我这个做老婆的也着实没有颜面见人呢！"

方先生脾气挺大，一听这话就过意不去了，转身要走人，听他老婆又道："我是奉了先府君之命，必得终身相随侍，这样说哪里是有什么别的意思呢？只不过是要劝夫子你自立。今天你就这么一走了之，又能上哪儿去呢？"方先生仍止不住忿忿，说道："饥馁寒苦是我的命，然而即便是饥馁寒苦，也不能仰人鼻息，如今不过是还我一个本来面目。至于上哪儿去么——天地之大，何处不能容身？"尽管他的妻子苦苦哀求，方先生还是负气，竟然脱了华服，穿上当初卖卜的旧衣裳，一文钱不拿，就把来时随身携带的一套笔砚取走上路，可谓绝尘而去，了不复顾也！

身上没有半文钱，就真是要行乞了。方先生打从杭州出发，也无计东洛西关，也不知南越北胡，走到山穷水尽，连乞讨也无以自立的时候，已经来到了湖南嘉禾县的境内。面前一座三塔寺，让他兴起了重操旧业的念头——还是卖卜。

卖卜的这一行门道多、品类杂，遇有行客商旅稠密之处，便自成聚落，大家都是通天地鬼神的高人，很少会因为抢生意而彼此起衅的，方先生在三塔寺就结交了一个看八字的郎中，叫离虚子的。这离虚子与方先生往来，彼此都感觉到对方的人品不凡，特别来得投契。

有一天，离虚子趁四下无人，要了方先生的八字去，稍一推演，便道："阁下当得一品之官，若往北去，不久就可以上达公卿了。我推过的命多了，阁下这个命格是十分清楚的，决计不会有错谬。"方先生应道："承君美意，可是没有盘缠，我哪儿也去不了啊！"离虚子道："这不难。自从我来到此地，多少年积累所得，也有十几两银子，都交付阁下了罢！十年之后，可别忘了兄弟我，到那时阁下稍稍为我一揄扬，我就有吃喝不尽的生意了。"方先生道："真能如公所言，方某如何敢忘了这大恩大德呢？"

方先生有了川资，搭上一条走漕的粮船来到了天津。钱又快用光了，听说保定府有个卖茶的方某人，生意做得极大，方先生想起了这人还是个族亲，就盘算着：何不暂时上保定去投靠，先混它个一时温饱，再作打算呢？没想到他后首刚到保定，就听说那族亲已然先一步歇了生意，回南方去了。方先生于是栖栖然如丧家之犬，遇见三两个同乡，人人都是措大，谁也没有余裕能帮助他。所幸有人看他入过学，能写几笔字，给荐了个在藩署（布政使司衙门）当"帖写"的差事。

藩署是个公署，掌管一省之中吏、户、刑、工各科的幕僚都在这一个衙门里办事。而所谓"帖写"，不过就是个抄写员，替衙门里掌管案牍文书的书吏誊录档案而已。一天辛苦挥毫，赚不上几十个制钱，仅敷糊口而已。

屋漏偏逢连夜雨——才写了几个月的字，方先生又染上了疟疾——这个病，在当时的北方人眼中是个绝症，人人避之唯恐不及。倒亏得他那小小的上司书办怜恤，拿了几百枚制钱搋在他怀里，趁他发热昏睡之际，雇了几个工人给扛出署去。工人们也懒得走远，一见路边有座古刹，便把方先生给扔在廊庑之下了。

当时大雪压身，热气逢雪而解，方先生烧一退，人也清醒过来。一摸怀里有铜钱，知道自己这又是叫人给掷弃了，叹了口大气，不免又怀着一腔忿忿，勉强向北踽踽而行。

不多时，已经来到了漕河边儿上，雪又下大了。方先生脚下认不清道路，偏在此时又发起寒来。只一个没留神，竟扑身掉下河里去，眼见就要冻僵。也是他命不该绝——此际河边一座小庙里有个老僧，正拥坐在火炉边打瞌睡，梦见殿前的神佛告诉他：“贵人有难，速往救之！”老僧睁开眼，赫然瞧见远处河心之中蹲伏着一头全身乍亮精白的老虎。老僧揉揉眼，再走出庙门几步，发现河口上那白虎早已经没了踪迹，河沿儿上不过是趴着个看来已经冻馁不堪的贫民。

由于不知此人是生是死，老僧也犹豫着该不该出手相救。未料这时殿上的神佛又说话了：“出家人以慈悲为本，见死不救，你大祸就要临头了；可要是救了他呢，你这破庙的香火就快要兴旺起来了。”老僧听见这话，还有什么好犹豫的？当下有了精神，便将方先生扛进庙里，脱去湿衣，温以棉被，烧上一大锅姜汤灌喂，方先生终于醒了。老和尚自然不会把神佛的指示说给方先生听，却殷殷地向他打听来处和去向，弄清楚这是个落魄的儒生，益发地尊敬了，又给换上一套好衣裳，算是收留了他。

到了春暖花开的时节，老僧对方先生说：“先生毕竟是功名中人，而此地却无可发迹。老衲有个师弟，是京师隆福寺的方丈，与王公大人们时相往来，那儿倒是个有机缘的去处。老衲且修书一封，另外再奉上两吊钱的盘缠，送先生登程，还望先生能在彼处得意。”

方先生倒没忘了离虚子的吩咐，自是欣然就道。来至隆福寺，见那方丈大和尚志高器昂，非俗僧可比，心上的一块大石头也就落定了，颇觉此处的确是个安身立命之所。大和尚人很干脆，拆开书信略一浏览，即对方先生说：“既然是师兄引荐的，就暂请至客舍安顿，住下来，不必见外，寺中蔬果饘粥，足可果腹。如此等待机缘也就是了。”方先生这一向过的就是得食且食、得住且住的日子，唯独身上没那么一件像样的衣服，是个苦恼。他总牵挂着：万一夤缘有所遇，却没有一套见得了人的衣冠，岂不大惭形秽？

倒是有个眼尖的和尚说：“看先生书法俊秀超凡，何不就在寺前摆个摊子卖对联？日久天长，必有积累，换几件冬夏衣衫，是足够的了。”于是卖卜的成了鬻字的，居然买字的顾客源源而来，远胜于问卜的收入。方先生一天可以赚上好几百个制钱，算一算，一个月居然挣得上几两银子。

当是时，偏遇上皇太后要还一个愿——倩人大书《妙法莲华经》百部，施舍给天下名山，作大功德。皇上就下令翰林院自修撰以下，举凡编修、侍讲、侍读学士，人人写出个款式，向太后呈览；合格的，便要专责委差，写这一百部佛经了。

兴许是翰林院的爷们儿不愿意伺候这个差使，故意写得不怎么像样；又或可能是太后别有一份自出机杼的眼力，怎么也看不上馆阁诸公那种黑大光圆的字体，居然没有一家的书法能称旨的。太后也不将就，遂命诸王公“在外寻访”。

有个王爷，与隆福寺大和尚是交好旧识，知道寺中有写经僧，便把这事委了大和尚。大和尚集合所有的写经僧人试写经文晋呈，太后还是不满意。这一下麻烦了，太后催王爷，王爷逼和尚；催逼急了，一个寺僧给出了个主意：“何不请方先生试一试手呢？”大和尚猛摇头，道：“这不过是卖春联的字法，怎么能入太后的眼呢？”那僧人答道：“除了方先生，隆福寺也没有旁的人了。既然没有旁人能交差，卖春联的好歹也是一体，让方先生试一试，至不济也不至于得罪罢？”

方先生试写一帖晋呈，不料太后大喜，传旨“速召此人入宫”。那王爷则亲自到寺来迎接，大和尚惶然失措，赶忙为方先生准备了行装，送入宫去。一百部《妙法莲华经》书成之日，皇上亲自看了，还特别请示太后：是否满意？太后的说词却大出朝中君臣之意外。太后说：

“朝廷里的大臣们，不是没有写得比他好的，可皇上要知道：‘福分届满，即无功德’——这个嘛，从一个人的字上是看得出来的。然而此人之字不同，一眼就可以看出他积德深厚，后福无穷。眼前，他是孤苦伶仃一个人，将来必定是个正直大臣，有功于国，这，从他的字上是看得出来的。此人的字在嶙峋露骨之中并不寒薄，是以波磔点捺之处可见浑厚多力——皇上可以给他一个官做。”皇帝奉懿旨，召见了方先生，钦赐举人出身，先在京师的部里找着一个司官的缺，给安插上，随后“遇缺即补，一岁三迁”，其知遇之隆，可谓有清以来所仅见。

方先生最不凡的一点是：即便发达以后，他还没忘了糟糠之妻。一旦任官得意，便立刻修书一纸到杭州，要将妻子接进京来。那周大盐商的女儿却是回信说：“妾自夫子去后，心向空门，今以习静，自维不能相夫子。如念结发情，置媵可也。”方先生得书之后也不强求妻子履行同居义务，也不再婚，索性耗着。

方才说过这皇帝看上方先生的忠诚朴实，对他推恩甚厚，有“遇缺即补，一岁三迁”之势。不到十年，当上了直隶布政使，又过了没多久，升任总督。那位离虚子果然接到总督的手札，来京一会，经过方先生几度揄扬赞赏，离虚子的术数修为可谓声动海内，非但获重资报赏而去，日后的生意当须是做不完的了。

至于漕河边上的救命老僧，的确也有如神佛所预示的那样，由于方先生亲自前往祝祷之故，朝中文武百官风从景行，都跟着前去争献寿仪。这一下非但香火鼎盛，还有地方父母给重修庙宇，好事的捐建了“孤独园”，专事收养流民。不徒此也，正因为方先生以流民之身竟然当上了一品大员，这个近乎神话的真实经历使全国上下兴起一片抚辑贫民的风尚和诸般济苦救难的作为。有设置义学的，有广开留养局的，至于开田通渠、修桥补路的，更是所在多有，不一而足。

也正因为方先生是南方人，还由此而大大地推动了原先就由南方传移到北方来的一些产业。比方说种棉。方先生看北方人不习于此道，遂广为招募南方具有生产力的百姓到北地做技术顾问。此外，他还有一个特别的贡献是对官僚体制内部的改革；当方先生还在保定藩署干“帖写”的时候，因为身在整个官僚体制的最底层，深知各级衙门里的“吏”——也就是各种事务官、幕僚等——借着某些公文书格式之不能统一而钻漏洞，上下其手、串通作弊的情事。于是推动了公文改革，“官文书皆颁订格式，有上下肃清之功”。

政绩愈著，宠眷愈隆，也就愈有入觐面圣的机会。有一回皇帝问起家中情况，很讶异方先生居然没有子嗣，方先生再将详情首尾据实奏闻，皇帝居然亲自降旨召夫人进京团圆——这就不得不来了。一品夫人见了方先生之后，一再拜劝：“我来，是应君之命；可是马齿徒长，没有生育的能力，仅能主持主持家务罢了。夫子还是另外纳个妾，另作生养儿女、传宗接代的打算。”方先生不听这一套，结果还是皇帝以江南织造局进献的一名宫人打赏；这，依然是不能拒绝的，方先生也因此有了个儿子，日后也做到了巡抚的官。至于苦尽甘来的周氏女，特颁“一品夫人”衔额。此女真正的识见，是在不肯为方先生生养儿女上；因为当年是招赘成亲，就算生养了儿了，还得姓母家的周，不能继承方家的香火。方先生自己也是直到儿子出生取名之时，才想起他那一品夫人用意的深刻。

方先生——有人说就是方观承，其子方维甸，与父亲并称为老小二宫保。不过对照方观承本人的行状与袁枚的《随园文集》所载者，并不相同。行状传记所述，很难鼓舞穷酸寒士上进。因为人一旦混到有人给写行状传记之际，已经不够孤独了。

坐对苍茫思碧血，
残芒咄咄出寒宫。

贰·达六合·艺能品

达观，有说姓托忒克的，满州部族的姓氏太长，说了也记不住，一般连满人都呼他“达爷”、“达老爷子”，也有叫他“达六合”的；那是因为他祖上四代起就寄籍江苏省六合县，直到他父亲那一代上才又回京做生意，都下旗人都管这父子叫“六合”。“达六合”又有通行上下四方的意思，咱们也就叫他达六合罢。

有人说达六合是甘凤池的徒弟，他自己不承认——一旦承认了，所有想找甘凤池寻仇的、较量的，哪怕只是捱蹭着名号捡便宜的，都来了。所以他不说，有会家子看出来他的某手某步酷似甘凤池身法，一旦传扬开去，他竟从此不露。久而久之，无从验证，再提起甘凤池来的就渐渐少了。人忘了甘凤池是何许人，可达六合的名号却愈发地响亮起来，“达爷”也有人叫唤了。

他年少之时没有正经营生，父母早早过世，只剩这一个六合，他就仗着祖荫余产，开了一爿酒家，这酒家没有招牌，可是在都下极富盛名，读过书的都叫此铺“帖垆”。由于达六合喜书法，尤擅作题壁书，动辄着店伙磨墨濡毫，向壁涂鸦，有时作擘窠书，字大如斗，铁划银钩，碑气淋漓；有时作狂草，似虹霓逼空，有龙飞豹变之态。即便是精于赏鉴的书家也常借着沽酒，来看他题壁。

他有时撰一联，有时制一绝，少则十字，多不过二三十字，写过之后不经宿就命人白粉涂糅，将原迹掩去。称许他写得好的，还有“不着一字，尽得风流”之语争喧于途。多事的也会悄悄记下他的句子，比方说：“惯看江湖懒看禅，诗心易逝胜流年。闲情不与惊鸥客，排闼青山先上船”、“旗亭画壁尽成泥，太白魂游六合西。一剑临江千载下，锋芒吓煞午啼鸡”，词虽不能近雅，还有点儿不落俗套的意思。至于对联，也常以家人语透露奇趣，如：“食方近午终须面，酒欲倾杯始尽欢”、“闭户坐忧天下事，临危真与古人同”、“春寒竟为醪难得，世乱仍须我放怀”。其句跌宕奇突，不主一家，京中士人有作消寒、消暑会而竞诗钟者，居然还会传出这么一句俏皮话儿来嘲诮那些文理欠通，或者诗思壅滞的：“您这两句儿，人家达六合还不让刷呢！”

“帖垆”的规矩：来客要是也想露两手，达六合是欢迎之至的，不过有规矩，“与书客约，法三章”：其一是联语、诗句必须出于自作；其二是试帖制艺的那一套台阁锦绣恕不奉纳；其三是题壁时墨渖不能滴漏滑渗。即令如此，壁上的字迹也从来未曾留过三五日以上的。达六合看着不顺眼，一招手就叫跑堂儿的给抹掉了。

这一天城外来了个拳师，在市集上画地围了个场子，当央竖一大旗牌，上绣两行钩金大字："足踢江河两岸，拳打南北二京"，旗牌顶上横里飘着张幡子，墨书"俯仰独威"。有人给达六合来报信，说这是冲他来的，江河两岸加上南北二京外带那么一俯一仰，不就是要给达六合一点儿颜色看看么?

达六合原不介意，来说闲话的人多了，他也好奇起来，跟着去瞧热闹。果然看见一个大块头儿拳师在市集上摆"生死擂"，打出地上那白粉圈儿去的不论，但凡还有一口气在，是可以在圈儿里活活送掉一条命去的。还真有不知天高地厚的地痞无赖进圈搦战，总撑不过一二回合便给扔出圈儿来。有的受伤极重，有的性命无虞，可皮肉受苦不轻。

达六合看了一阵，扭头便走，一句话也没说。跟着来看热闹的不过瘾，吵嚷着要达六合露两手，别让外地练家子瞧着咱们京里没人。

"你是个人，你怎么不去！"达六合撂下这话也顶实在。

当晚戌正时分，达六合正上着前门门板，那卖拳的倒找上门来了。

“闻听人说此间有位达爷精通拳术，好不好请达爷赐教两招？也不枉我三千里程途，进京一趟。”

达六合看了那人一眼，迸出一个字来：“坐。”随即亲自打酒陪着坐下。这“帖垆”是个“桌缸铺子”，卖的都是浊酒。店中狭仄，仅容三两张四座方桌。平时来沽酒的客人多自备壶具，到门首称斤论两，付过钱、提了酒就走。极少会勾留在铺子里喝的——要这么喝，其实也没什么不可以，就是无趣罢了；毕竟店中不供应肴馔，也没有佐觞的琴娘歌女，这种干喝浊酒的客人还有个外号，叫“泥虫儿”——据说还是有典故的：“泥”是一种生于南海的虫，遇酒则通体绵软欲化。换言之：“泥虫儿”就是那些烂醉鬼的别称，不是成天价但求一醉的人物，大约都不愿意坐在“桌缸铺子”里捱白眼。而“桌缸铺子”顾名思义：掀起桌面，底下就是口缸，且喝且打，没什么讲究，缸中所贮放的，反正也都是混和着糟渣的劣酒。

达六合陪着喝了几杯，也不说什么。那拳师渐渐沉不住气了，指着墙上的字说：“听说你还能写一笔好字？我，许写不许写？”达六合将三个规矩说了，拳师道：“那也不难，看笔墨来。”笔墨才伺候下，拳师飞身上桌，一双脚偏偏踏在桌沿儿上——先前说过：这桌缸上头的桌面是块活板，尽一人之力踏其一边，桌面居然没有翻覆，可见这拳师的轻功多么了得了。这还不算，拳师当下虾腰从店伙手中抢过笔来，顺手向壁间一抹，但见那笔头儿硬生生地给插进了墙里，一插三寸深，剩下半截竹管还露在外面，那模样儿倒活像个挂钉儿了。拳师随即把脚上的一双草鞋脱下来，往笔杆儿上一挂，抱拳笑道："这三日我还在京里，老地方不见不散！达爷不肯赏光，我还是要来叨扰的。"

达六合这一天夜里上了店门之后没睡觉，喝完了这桌的一缸，又到旁边的一桌喝，鲸吸虹饮一阵，第二缸也喝光了，再喝第三缸。每打一碗，便抬头看一眼壁上钉着的钉子、挂着的草鞋。每喝一碗，就喃喃自语一阵："这人究竟是个什么来意呢？""我却用个什么法子对付他呢？"不消说，那拳师还真是个强敌了。

喝到最后一桌，还真是生平头一遭儿——有了醉意，眸眼迷离，手脚不听使唤，一推桌面，拿碗向下捞酒喝，没注意酒已经喝光了，撑扶着桌面的手却没按稳，滑了一家伙，把个桌面的一角压翘翻转，打了后脑勺一家伙——达六合吃自己这一桌面打，却不由得笑了起来："有了！"

接下来的两日夜，达六合非但没有开门做生意，他根本没醒过来。第三天一大早，店伙看不过去了，照常沥酒筛醪，最后将糟渣掺水和进缸里之后要盖桌面儿了，才把他喊起来，道："达爷！您再不起，那要命的就要来了！"

达六合闻言一轱辘儿翻身爬起来，看那店伙正在擦桌子，便急急问道："咱们铺里有缎子布没有？"

店伙想了想，道："缎子没有，包瓮盖儿的红绫子倒有几块。"

"也成！快拿来！"一面说，这达六合一面解了绑腿，脱了老桑鞋，转身进里屋去提拎出一双只在年节或吃肉大典的时候才穿的靴子来。他也不着袜，径从店伙手中抓过两块红绫子来缠在脚上，随即套了靴，抬头看一眼壁上挂着的那双草鞋，对店伙说："我去去就回。"

"达爷！"店伙面露忧忡地说："您、您这是去、去、去比武的么？"

"不！爷去杀人。"达六合道。

按律杀人抵命，打擂台立下的生死状是不能算数的。不过京中打擂有个传说，那是乾隆爷年间的事了。河南有个陆葆德，武举出身，来京摆擂，打死一个宗室子弟，这麻烦就大了。九门提督亲自来拿，惊动了天听，不知道是皇帝老儿惜才，还是刻意要压抑宗室，总之隔不几日就把陆葆德放了。

此后都说立下生死状的打死不必偿命，都下摆擂台日渐多了起来。观者若堵，都想看人如何打杀一条性命。久而久之，就出了使诈的——串好了七八十来个壮丁，一个一个上台，轮番喂招打假拳，也有因之而设赌猜胜，一样是玩儿假的。擂台上拳来脚往，不可开交，底下盘口乍起时落，也热络非常。一见打死了人，立时有三五好事者抱了草席过来，卷尸便走，一路上鲜血沿街淌洒，看得人怵目惊心，走远了，但看四下无人，草席一扔，里头那尸体也翻身窜走，不需一眨眼的工夫，便四散无踪了。此类勾当，人称“栅栏买卖”，以其人原本多聚集于一名曰“大栅栏儿”之地。假拳打久了，即使下注不如先前踊跃，可凑热闹的人场、钱场仍十分可观。至于官司里既知为假，更乐得放闲不管——那样即便真有风闻闹出了人命，捕差皂隶也可以推说：那是“栅栏买卖”，有什么好追究的?

然而，这一个号称“足踢江河两岸，拳打南北二京”的拳师来打了这么些日子的擂台，近圈儿去搦战的居然都是附近的地痞流氓，给三拳两腿收拾下来，身上都带着硬伤——不消说，人家真是来京师混一头脸的，拳拳到肉，一点儿也不含糊。待达六合一到，四方八面的老百姓都聚拢了，有给请安的——那一定是旗下子弟；也有给拉着膀子说悄悄话儿的："您留神！这小子不是'大栅栏儿'的。"达六合也不废话，跨进圈儿去双手略一拱礼，便拉开了架子，道声："请罢！"

那拳师先朝大旗牌底下一个三尺高的坛子指了指，随即还施一礼，道："某若败下阵来，这些日子所得钱财俱在坛中，并有生死状在内，一并请达爷收下。某但求草席一卷，乱葬岗上随处一扔，倒也方便。"

"请罢！别那么些废话。"达六合全无表情地说。

"要是达爷败了呢？"拳师凝眸冷冷地盯着达六合，仿佛真有什么了不得的要求。

达六合仍旧不哀不喜地说："达某是个死人了，还能干个啥呢？"

此言既出，围观的众人不觉失声大笑起来——话说得的确冷隽，可也真是大实话：一个死人还能在乎什么？可掉回头来说：他这可是要豁出命去了。

说时迟、那时快，拳师猛里一个"孤鹤冲天"窜上丈许高，半空里团起身形，这便是轻身功夫的上上乘了——且看他似锤又似球，迎风一翻腾两下，不朝下落，反而又向高处拔了两丈，这么一来，借力之距愈远、俯冲之势愈疾，飘忽怳兮，竟如鬼魅的一般，电掣而至。在达六合看来，这拳师只图速胜，自然不计凶险，是以从天而降，拳掌俱下，皆十成之力为之。要躲，来不及；要迎，抵不住，在这霹雳石火的一瞬，只有一个法子：让这从天而降的对手有个不知如何落地的后顾之忧。

自凡是练家子都看得出来：由上而下，攻势最称凌厉；可落击的速度越快、催发的力道越大，收劲越是困难，万一落地不安稳，常有崩断胫骨的情事。从前甘凤池率江南六侠袭杀那结拜的淫僧大哥了因，屡攻不下；最后还是白泰官练成了一式自高崖上俯冲而下的杀招，一剑插入了因囟门，才勉强得胜。俯冲而下，说来容易做去难，单为练成由十数丈高之处坠落而不伤及胫骨，就花了好几个月的修炼，终于想到能以头下脚上的姿态落地——那不是会折断脑袋或手臂么？不，练剑先练胆，最是教白泰官花费心力的一个关头，就是如何从高崖起跳到扑落地面之时，全不眨眼，俯下及地，全凭一剑撑持，而腰不颤、肩不抖、腿不屈曲，由剑尖至足尖笔直一线，剑插入土，锋锷镡脊尽没土中。经由白泰官的体会，其余六侠在袭杀了因一役之后，多多少少都学成了几分：如何自天而降地攻击，以及如何拆解自天而降的攻击。

这，说开了大约算是达六合曾经师事甘凤池的一个证据罢？总之有那么一招传了下来，让达六合对付了那拳师一记——他忽一闪左，再一闪右，左右皆不往，倒是分别向左、右各递出一枚掌影，可掌影若有似无，看来只是要赚那拳师来同他对掌，那拳师若同他对了，又得拿捏左掌是实？是虚？右掌又是虚？是实？若看穿这两掌皆虚，而不同他对击，则这从天而降的攻势必得钻透两掌掌影之间密隙，穿透其门户，直捣肺腑才能致命。单只这一犹豫，拳师便来不及顾虑自己还有什么稳妥的落地之势了。不料达六合险中还套着另一险，他两掌恍惚向上迎御，果然没有一掌是透劲使力的，人竟猛里像后退开半步，居然一脚向上踢出。偏在此际，旁观众人之中有个显然是晓事的，忍不住喊了一声：“要糟！”

由于都下再怎么说不会有替外人助威造势的，是以这声“要糟”，当然是冲着达六合的处境而来——试想：就算凌空而下的是一方大土块儿罢，如此一腿弹出，一击而溃之、崩之，固然无恙，可他踢的毕竟是个活人，又带着攻势，达六合人在低处，本来就吃亏，这般硬碰硬，重心失了欹侧不说，教人一把攫住的话，重则一肢立断，轻则给对手锁住一条腿，那就只能任人宰割了。

然而世事竟有决然不可逆料者！连这行家也没想到：即便是一掌之后又一掌、两掌之后又一腿，二击皆虚而不实。达六合似乎早料定了对方不只要速胜，还想戏侮他一番；是以那拳师飞身欺近之时忽见达六合一脚飞起，并未奋力断之，反而一把将达六合的小腿抓住，像是想要将他捉在手中调弄把玩几下似的。未料这厢才捉住半条右腿，达六合一副身躯猛可伏向一旁，另只脚同时倏忽递出，正踹在那拳师的颈根儿上，那拳师两眼一凸，仰脸翻倒，登时断了气儿；他两只手紧紧抓着的，居然是达六合的一只空靴子。绫子布原来是这么个道理：达六合要的就是一双滑不黏脚、能随时甩脱靴筒的袜子。那拳师只当自己拿住的是脚，自然拼力不放，如此对于结结实实踢上脖子来的第二脚，便全无防御之力了。

杀了这无名拳师，并没有解决达六合的困难，还找来了新的麻烦。顺天府尹把他给找了去，简明扼要地告诉他：“达公你身上毕竟背着一宗案子，要销此案，其实并不难，你给帮个忙如何？”

这话里头只有一个字不当，就是那“帮个忙”的“个”字——日后，达六合不知帮了京师在地大小衙门多少忙，可那一宗背在身上的案子，始终没销过。一旦他不肯帮忙了，来“帖垆”议事的人就不由自主地抬起头、斜棱着一对眼珠子朝墙上逡视。墙上，那双草鞋自然早就让店伙儿给扔了，那支插进墙里的毛笔是教达六合拔了？还是锯了？没人知道。总之外表上看不出来，粉白一壁，随时可以涂圬髹刷，几回下来，破洞便掩覆了，就算有意寻觅，还未必找得着呢。

这且不作细表，先掉头说京师里有个致仕居家的老翰林。这老翰林先学而后幕，幕久而后官，官落而复幕，没成就过什么功德事业。最后人家还是尊敬他的科名，称他老翰林。老翰林姓张，外号巨鹿翁。直隶顺德府人士。

这巨鹿翁年纪很大了，仍旧喜欢喝两杯，偶尔来沽酒，发现达六合会写字，觉得他的笔意酣畅淋漓，自成一格，且不失法度，很有些情态。于是老翰林便经常来“帖垆”沽酒，碰巧了，还真能看见达六合当席挥毫。

可前文说过，在这种“桌缸铺子”里喝酒的，都是下三流的人物，说什么巨鹿翁也有个二甲科名的出身，怎好跟这些个人共桌而饮呢？不能来垆前久坐，焉能得知达六合什么时候题壁？什么时候赋诗？那诗那字一如薤叶儿上的露水，随时就湮灭消散，不能一睹，终成遗憾。

日子稍久些，巨鹿翁想出个法子。原来他在邻坊本有一处别宅，长年价雇着一对夫妻看守，就算是这对夫妻自己的家了。平日巨鹿翁入城逛逛书肆，一旦出入，总不免要在那小宅院里歇歇脚。有些什么酬酢宴饮，喝多了乘骡马车辆往返，又怕路上颠簸得难受，也常就近在这别宅里过夜。

从巨鹿翁歇脚处到“帖垆”其实很近，打从那宅子的西侧一仰头，还看得见“帖垆”门首的酒帘儿。巨鹿翁的主意是买通“帖垆”店伙，一旦听说达六合题壁的兴致来了，便暂将酒帘儿收降几尺，巨鹿翁不在城中也就罢了，别宅看家的远远地看见了，就赶着上“帖垆”去，还看得见他写了些什么，给抄回来。要是来得凑巧，巨鹿翁也在城里，一见酒帘儿降了半竿，他老人家自己步行前去看看热闹，那就更显亲切有趣了。

巨鹿翁是老书生了，过目不忘算是基本功，看人题了壁，返室再抄誊一过，评点几句，浑似都下许多风流雅士，动辄将累年积作乃至一干应酬诗文悉数把来，醵赀刊刻成版，或者雇请抄手誊缮；居然广其流传，俨然就是个诗人了。不过，这中间还是有差别。达六合的诗却是巨鹿翁给传的，巨鹿翁自己日后在刊刻达六合的诗集《春醪残墨留痕》的序言中承认：遇上有些雅集，非得要即席谋句炼意、属文成章不可的场合，很自然地，甚至是不知不觉地，他还会援引或镕铸达六合的诗。达六合碰上了这样的知音，所写的诗才流传下来。

有一回，达六合诗兴大发，竟然写了一首七言律诗，其原文如下：

半山明月似雕弓，
看射丝云看射风。
秋水匣中知有意，
庶人剑上奈何锋。
蓬头莫向丹墀去，
炭哑已随紫辂东。
坐对苍茫思碧血，
残芒咄咄出寒宫。

秋水，可以指秋天的雨水、江河之水。也可以指人的眼睛——特别是美人的眼睛，所谓：“眸盈秋水，泪湿春罗”是也。更可以指剑光。韦庄的《秦妇吟》：“匣中秋水拨青蛇，旗上高风吹白虎”是也。在这一句诗中，“秋水”显然是第三解，因为“匣中”的缘故。

蓬头、庶人剑，这是赵文王养剑客、被庄子嗤笑的一节。“蓬头突鬓垂冠，曼胡之缨，短后之衣，嗔目而语难”的一群人被庄子嘲笑为“庶人之剑”，也就是暴虎冯河之辈，怒逞一夫之勇所干的鲁莽勾当，语出《庄子・说剑》。

丹墀，是宫殿的代称。因为从汉朝起，宫殿中红色的台阶、地面都用“丹墀”来称谓。

“炭哑已随紫辂东”，典出刺客豫让刺杀赵襄子的故事，但是融进诗里，更有些复杂，得稍待片时，由巨鹿翁自己来说。

写出这一首诗的时候，巨鹿翁刚巧在旁边，看他写罢了，便忍不住叹了口气。达六合反倒觉得不解了，忙问：“老翰林！我这首诗，写得不中？”

“诗写到达爷这个境界，没有所谓好不好了。”

“总有高下之分的。”达六合道：“老翰林有以教我。”

“高，就高在‘修辞立其诚’，”巨鹿翁笑道：“无论你再怎么写景用事，到头来全是你这个人的本相，音韵藏不住，谱调遮不严，诗人毕竟是要从诗中显露原形的！——别怪老朽多嘴！你，又杀了人了？而且，你还非杀此人不可；不杀他，反而要为他所杀。是不？”

达六合沉得住气，道：“老翰林，这诗写的是剑，也的确用了刺客的典故，兴寄旧章，抒遣时怀，本来就是造诗手段，何足为奇？可与我杀人不杀人，有什么相干？与人杀我不杀我，又有什么相干？”

巨鹿翁道：“老朽非但知其干系，还知道这是何时、何地、因何缘故而发生之事。要不要我同你说说——”

“达某倒是愿闻其详，”达六合依然还是那么一副冷隽模样儿，道：“请老翰林赐教罢。”

“其地么——决计是在新河县之西、柏乡县以东、平乡县之北、晋县以南，有野山名‘难得’之处。此山不高，四方八野的百姓喜其不深无险，平旷近人，常登临玩耍，竟还是谑称此地‘难得成山’，所以就叫‘难得山’了。”

说到这儿，达六合微微一颔首，什么话也没说。

“其时么——要之便在今年秋末，十月初三，算一算，倒也就是不数日之前了。”

达六合面上仍无异样，只顺手指了指座位，巨鹿翁笑笑，毫不忸怩地也就坐下来，像是好容易逮着了个时机似的抢着说：“老朽不才，要是将你诗中心事全说中了，可以看赏否？”

“我一个沽酒的，能赏老翰林您什么呢？”

“达爷的诗，颇耐人寻味。”巨鹿翁低语道：“老朽有意作个笺注，倩人刊刻了，以广流传。”

“承蒙老翰林看得起，达某不敢矫情藏私，不过——”达六合沉吟了片刻，道：“您要是说不上来呢？”

“说不上来，”巨鹿翁是个何等练达之人，转眼又冒出个主意来：“说不上来老朽便上你这儿来伺候笔墨粉坊；达爷什么时候要写诗，扯扯门首酒帘儿，老朽就到。久而久之，老朽这方腹笥也非积贮之地，达爷的诗，自然还是要见天日的。”

达六合看他志意坚决，不像是在开玩笑，遂点了头，道：“那么就请老翰林赐教罢。”

“这一律，是悼亡兼自伤之作。能够解得，老朽占了一个便宜：谁教我号巨鹿翁呢？我号巨鹿翁，又焉能不知巨鹿之事呢？”巨鹿翁道：“每年十月初三，这新河县、柏乡县、平乡县、晋县的老百姓都有一个迎令之会。古人以四时附会政令，百姓各安其时、服其令，就留下了这么个风俗。是日也，巨鹿之民扶老挈幼，相率至难得山行‘烧葭’。

“烧葭者，便是焚烧芦苇草膜。先民将这草膜烧成极细的灰烬，盛入各式律管之中，待冬至之日，律管之中的葭灰自然会应和天地之气而飞腾舞动；先民便看这飞灰舞动的情状，占卜来年农事的丰歉，很有几分准头。所以有‘层城之宫，灵苑之中，奇木万品，庶草千丛，光分影杂，条繁干通，寒圭变节，冬灰徙筩，并皆枯悴，色落摧风’的形容。

“‘烧葭’就是冬藏之始，到了这一天，尽管尚未立冬，先民都要为‘藏’作准备了。这‘藏’原本指的是谷物，可礼俗久之而引申、而变迁，到了唐、宋之后，又衍生出来些个‘藏物’、‘藏性’、‘藏才’的讲究。此外，芟伐芦苇也是十分无趣之事，也不知是儿童们想出来的把戏，还是闲慌无聊赖者想出来的俚戏，前明以来，巨鹿当地就盛行在十月初三当日，行‘戴胜事’。无论老小，但凡是上难得山伐苇草，便得自制假面蒙覆头脸，以为‘入藏’。也有人附会说这是免得芟伐烧夷之时，为草虫、火烟所伤。无论如何，人人蒙面覆首，不知彼我，倒是难得的乐趣。

“只不过——凡事有其趣利，亦必有其害苦。以我辈道学之人视之，好端端一副面目，不能光明磊落示众，必有暗室欺人之心。这才是‘藏’之为灾为难也！——达爷今番上巨鹿难得山去，若是遇上了藏头覆面之人呢？”

达六合微微一笑：“我每年都去的。”

“寻常过往的，大约就是‘半山明月似雕弓’一句，难得山土丘平旷，半山可见，苍冥无穷。更何况是弓月，不能遍照万有，所以只能照亮半山；至于另外半山，恐怕就有蹊跷了。

“到第二句‘看射丝云看射风’，是承上启下之语。承上，说的是阒暗幽黑之处引人遐思，是时四周烧葭之人何止百千计？人人都带着假面，无从认得、辨得；但是达爷饱历江湖，阅尽干戈，已经嗅出不寻常的气味来，才会以月为弓，‘看射’，其实就是极尽目力搜寻。云状如丝，莫非有风？正因为有风，习武惯斗之人才能于毫不经意也毫不起眼之处，感知非比寻常之事。

“如此，才接得上底下‘秋水匣中知有意’的句子来了。秋水者，剑光也。匣中藏剑，焉能知其有光？以剑光比拟剑客的心思，则剑客的心思一定是隐藏不可告人的了。试问：一个剑客，有隐藏而不可告人之意，非行刺若何？”说到这儿，巨鹿翁似乎刻意地停了下来。

“翰林翁，请说下去。”

“‘庶人剑上奈何锋’，用语至为浅显，说的正是赵文王养的剑客，这些个剑客是什么样的一种人呢？庄子形容得妙：‘蓬头突鬓垂冠，曼胡之缨，短后之衣，嗔目而语难。’这样儿的人，能干出些什么样的事业呢？也不过就是‘相击于前，上斩颈领，下决肺肝’，用庄子的话来看，就是‘无异于斗鸡，一旦命已决矣，无所用于国事’。要是把

‘秋水’、‘庶人’两句合起来看，就知道你达爷当时不但认出了那刺客，知道了他的心思，还同他对了几句话。”

“我说了什么？”达六合两眼之中迸出了异样的神采，显得既迷离，又诧讶。

“达爷说的词儿，老朽不能重述；不过，要之不外是劝这‘庶人剑’不要甘心情愿、做了他人的爪牙罢？你还明明白白地告诉他：他不是你达爷的对手。——‘奈何锋’三字是此句之眼，《庄子·说剑》原文之中根本没有说起‘庶人剑’以何物为锷、为脊、为镡、为夹、为锋——其实‘奈何锋’就是没有剑锋啊！”

达六合听到这儿，不觉拊掌大乐，道：“老翰林果然是翰林，看光景，我这诗是天机泄尽了呢！”

“不！天机还在后面——”巨鹿翁压低声道：“之后的‘蓬头莫向丹墀去’虽然有劝勉那刺客不要轻举妄动之意，但是也委婉道出：要买凶扑杀你达爷的正主儿，是在都下、在宫中，甚至在紫禁。真正有意思的是第六句：‘炭哑已随紫辂东’。这句话用的是昔时刺客豫让刺赵襄子不成的典故。豫让为了替智伯报仇，进入仇家赵襄子的宫室，忍污含垢，涂洗厕坑，倏忽而出刺之，却不能成功。此子犹不罢休，遍体涂了漆，让身上长满了疮；又吞了炭，以便改易声音，行乞于市。结果连妻子、朋友都辨认不出他是谁来，到了这步田地，再刺赵襄子，仍不能遂其所愿。最后拿了赵襄子的衣服刺了三剑，第四剑，便自杀了。

“如果‘炭哑已随紫辂东’说的是豫让，那么豫让是自杀以谢智伯的，难道你遇上的那刺客也自杀了么？依老朽看，非也、非也！他还是被你给杀了的——这就要从‘紫辂’二字看了。

“辂者，大车也。一般用辂字，多是形容王侯亲贵们出入所用之车，其用色好尚，盖因时因地之不同而有异。本朝以来，王侯用车偏不尚紫——近年闻知倭人服色分四等，其尚紫恶黑，里巷皆知。是以王公贵人之饰车者，几无一用紫。可巨鹿这地方‘烧葭’确有一种专为运送粗大葭灰的车，其色青，谓之‘温凉车’。古代给帝王迎灵送葬的车，也是叫‘辒辌车’，然而巨鹿之人以烧葭之礼而名其车为辒辌，乃取‘温’、‘凉’之意。

“为什么呢？原来车中所载，都是不合律管所用的粗粒儿葭灰，量极大，但是质极轻。焚灰放凉，用纱网滤过，已经不热了，偶有余温而已，才能乘车载走。烧葭过后，老小男女人手几捧葭灰，洒入车中，这叫‘送劫灰’，讨一个吉利。青色的车，在月光、篝火掩映之下，载灰而去，倾入河川，永离是乡，这是巨鹿父老的旧俗深愿。不过，远远望去，青色的车，在一片火红的余影之下，却绽泛着森森紫气，此景，旁处还没有呢——不料这温凉车却替达爷运送了一具尸体！不然，怎么会有‘炭哑已随紫辂东’这样的句子呢？”

“如果说那刺客杀不了我，于是随车而去，有何不可？”

“那么，又何至于写出接下来的‘坐对苍茫思碧血’呢？”巨鹿翁得意地笑了起来：“达爷！老朽看你写诗，也不是一天两天了，所以同你斟字酌句，也必搜索枯肠而后，方能下一解。这，都是你用字不妄，命意不纷，不蹈袭陈言，方才有以致之啊。你忘了，老朽刚读罢你的诗，便说：‘别怪老朽多嘴！你，又杀了人了？’为什么说‘又’呢？机关就在这‘坐对苍茫思碧血’之中。

“昔日周敬王有一贤臣苌弘，忠言极谏，不为王所用，最后还给处以刳肠破肚之刑。苌弘死了之后，四川当地的父老将他的血藏起来，三年之后，血化为碧色，此后人皆谓忠臣烈士曰：‘碧血’。一个刺客的尸体，教你给藏在‘送劫灰’的辂车里，怎么会让你想起什么忠臣烈士呢？还有，这坐对又是什么意思呢？‘坐对’可以解作‘坐而对之’，也可以解作‘实出因于’——犹如今日法曹定人之罪，所称

‘坐实’者；乃至于唐人杜牧的《山行》诗也有如此的句子：‘停车坐爱枫林晚’——‘坐爱’者，自然宜解成‘实出因于喜爱’——是以‘坐对苍茫思碧血’所说的，正是目送紫辂车运尸而去之后心事的跌宕。

“杀了一个意图行刺之人，怎么这么多感慨？原来行刺的这个人不是唯一的一人，此际面对苍茫，而不得不思及‘碧血’，原来，三年以前，你也曾经遭遇过一个刺客，也曾经杀了那刺客。让老朽算一算：一年、两年……三年之前，不正是老朽致仕之时，不也正是达爷您——在通衢之上踢杀一个‘俯仰独威’的外地拳师之时么？难道，今年烧葭之日达爷在巨鹿难得山遇见的这刺客，居然同那拳师还有瓜葛了？”

“老翰林！佩服佩服！”达六合道：“碰上了像老翰林这样的知音，达某怎能再隐瞒情实呢？不过，作诗之人虽肯抒怀言志，却又往往不愿轻易将心事示人，是故愈刳剖，愈藏匿；闻道人说：无论藏得多么严密，诗句之中，总有一二破绽，浑将心事流露。达某却要请教：但不知老翰林是怎么看出我这诗中的破绽来的？”

巨鹿翁拈着胡子、扬着眉、瞑着眼，一指桌面儿，道：“我说得渴了，讨一杯醪酒喝喝。”

“这桌缸之中的糟粕，怎好款待贵客？”达六合立刻唤店伙上前，开了封坛的佳酿，给巨鹿翁打上一壶，自己也陪坐着斟满一海碗，也不敬，也不让，一边儿自啜自饮，一边儿沉思。过了好半晌，才听那巨鹿翁一拍桌子，道：

“要问破绽么——其实老朽是从末句里看出来的。你这第七句上明明落一‘苍茫’，可末句又出一‘残芒’，苍茫之茫在第四字，残芒之芒在第二字，虽说并未失粘出律，但是‘茫’、‘芒’二字同音连句，决不是什么神清骨秀之语。你写了七句好诗，怎么偏偏在这末句上不肯稍稍锻炼一番，把‘芒’字换掉呢？可见‘芒’字切关至要，不可轻易。

“这又是为什么呢？老朽转念一想——哦哦是了！是了！三年以前，都下盛传达爷您仗着一身武功，出手疾如风雷，一招之内便踢死了一个耀武扬威、打遍京师无敌手的拳师。那拳师，曾经到达爷这‘帖垆’来搦战，还留了一双草鞋在您这儿，是否？”

“正是。”

“所以这‘残芒’就一语而双关了——初读，它就是呼应第三句剑匣之中有光不能隐藏的意思；谓之残芒，当然是指三年前一击之后，如今又来一击，后一击正是前一击的残余。虽说‘残’，其实也有咄咄逼人的声势，多么逼人呢？恐怕要比天上森凉的月色犹有过之罢？这是‘残芒咄咄出寒宫’的一解，寒宫就解作‘月宫’、‘广寒宫’了。

“可是这么解，并不足以道尽达爷你非用‘芒’字不可的用心。倒是若将‘芒’字看成‘芒鞋’之‘芒’，就十分吻合故实了——七、八两句所写的根本不是当下已经藏在车中的刺客尸体，而是三年前与达爷一战而殒身的拳师，‘残芒咄咄出寒宫’应该看成‘残芒踱踱出寒宫’，说穿了，就是：宫中派出一个穿草鞋的刺客来。”

“我就尽饮这一碗——至于诗么，没有老翰林翁的说解，也就无所谓什么诗不诗的了，要注解、要刊刻，都随您罢。”达六合果然一口气将碗中之酒喝干了，才道：“不过您没有问一声：宫中为什么要派出刺客来杀我？”

“老朽当年不过是个小小的汉官，又致仕多年，当年既不能与闻大内消息，如今又焉敢打探圣上的意旨？”

“不不不！老翰林，我却不敢如此设想。”达六合笑了笑，道：“我却是这么想的：老翰林身上也带着皇家旨意，要来打听打听达某的老家底儿。那些个来杀我的，是我的知音；而我的知音么，其实也是来杀我的。老翰林之所以不肯出手，只因一事未明，是以迟迟不忍下手——您，其实还想明白明白：三年前那拳师为什么在我墙上留下了一双草鞋？老翰林，我说的，对不对呀？”

巨鹿翁沉吟了片刻，随即拊掌笑了，道：“那么，我就更不该问那草鞋的缘故了罢？我若是问了，你当不至于隐讳，如此，老朽万事明白，不是就得奉命行事了么？我，不能这么做。”

“这又是为什么呢？”

“问出了那双草鞋的原委，咱俩就只有一人能独活——倘若你死我活，此后再无帖圬题壁可以玩赏，岂不闷煞了我也？倘若我死你活，此后达爷题壁，随手涂圬，时显时灭，岂不闷煞了达爷也？”

两人相视大笑，于是订交。此后达六合仍时时有诗，与巨鹿翁更是常相过从，二十年后，巨鹿翁溘然而逝，留下了一部《春醪残墨留痕》，署名“达观巨鹿翁”所著。中有咏草鞋诗一首：

凭君双不借，
为订半生交。
肯负明王诏，
相期忘索绹。

这是整部集子的最后一首诗，也是唯一没有笺注的一首，由于没有笺注，可以断定是巨鹿翁自己写的一首。那么，诗究竟是什么意思呢？

“双不借”就是一双草鞋的意思。索绹，语出《诗经·豳风·七月》：“昼尔于矛，宵尔索绹。”郑玄注：“夜作绞索，以待时用。”作绳索，急王事，就是戮力报效朝廷或国家的意思，赵孟頫有《题耕织图奉懿旨撰》“索绹民事急，昼夜互相续”的句子，可知就是替皇室执行工作的意思。巨鹿翁没有执行他的任务，因为怕寂寞的缘故；达六合也没有因为性命堪虞而先下手为强，也是因为怕寂寞的缘故。在这世上，他们除了彼此，就只剩下一个孤独的自己了。

好你个高俅巧设「白虎节堂」诱捕「豹子头」林冲的故事啊！

叁·朱祖谋·机慎品

先看《浣溪沙》二首：

独鸟冲波去意闲，瑰霞如赭水如笺，为谁无尽写江天。
并舫风弦弹月上，当窗山髻载云还，独经行地未荒寒。

翠阜江崖夹岸迎，阻风滋味暂时生，水窗官烛泪纵横。
禅悦新耽如有会，酒悲突起总无名，长川孤月向谁明。

《乌夜啼》一首：

春云深宿虚坛，磬初残，步绕松阴双引出朱阑。
吹不断，黄一线，是桑干，又是夕阳无语下苍山。

这三阕小词的作者是朱祖谋。朱祖谋，浙江湖州府归安县人。在庚子拳匪之乱的时候，有“举国若狂，盈廷缄默”的气氛，当时朱祖谋官居翰林院侍讲，位卑职小；既无权柄，复无言责。无论洋务、战守之类大政，原本可以说“干卿底事？”但是抗声折角，戮力批鳞者，还端赖君子力争，始能鼓舞慷慨、激励耿介，为当时瘖哑黯淡的朝廷绽露一点灵光。

朱祖谋（1857—1931），名孝臧，字古微，号彊村。光绪九年进士，官礼部侍郎、广东学政。与王鹏运、况周颐、郑文焯并称为“晚清四大词人”。朱氏词风近宋人吴梦窗。王国维《人间词话》：“彊村学梦窗而情味较梦窗反胜，盖有临川、庐陵之高华，而济以白石之疏越者。学人之词，斯为极则。”陈三立（散原）则谓：“公始以能诗名，蹊径蹈涪翁，顾自谓非所近。及交王半塘鹏运，弃而专为词，勤探孤造，抗古迈绝，海内归宗匠焉。”

朱氏兼工书法，马宗霍《书林藻鉴》称：“彊村老人以中锋作侧势，落墨重迟而标格苍劲。”朱氏楷法初宗颜真卿，后学褚遂良，结字变体为左高右低，生欹侧之势，风骨整严，自具风貌，堪称与他的学术一致。又这结体左高右低之款，恰与其挚友、浙江超山吴昌硕篆书之左低右高，有异曲同工之妙。吴昌硕墓碑即由他书丹，可见他在当时艺苑声名之大、地位之崇了。

庚子年五月二十一日一连三天“叫大起”，一般皆以为战和定策在焉。其实早在四月初，内廷已经决议与洋人一战，只不过尚无明文发表而已。朱祖谋当时是翰林院侍讲学士，从宫中得来消息，也是第一个上疏力陈拳匪妖妄，不可以倚之集事者。疏中还点拨了当朝两大忌讳：其一是说兵力窳弱、断不足以当列国节制之师；其二是以一国遍与八国起衅，无论众寡、强弱、曲直各方面皆无胜理。此疏才上，军机处堂官即争相传阅，都说："翰林院中居然有这等风议。"早朝还没有散，辇下已众口喧腾起来。

朱祖谋的折子递了出去，出城却没回寓所，先驱车到翰林院编修林诒叔家——当时林诒叔的哥哥林诒仲是军机章京，应该知道疏奏上达之后宫廷意旨究竟如何。所以朱祖谋之往访，不无探听消息之意。人刚进了门，还未曾入座，林诒叔已经匆匆迎出，咋舌叹道："老前辈竟如此大胆，敢作此惊天动地之大文耶？"

慈禧太后看过折子，笑了笑，说："这是个狂生，不识时务！"倒是当时在国子监任教的曾廉一见物议沸腾，立刻上疏，奏请"斩朱祖谋以惩异议"。结果两折皆留中不下。看起来当时朝廷的气氛还没有到"外挫而内杀"的程度。

叫大起的时候，朱祖谋也在场。他个头儿矮，人又站在后列，发言却不让人，语声宏亮，中气十足。太后听了半天，听不太明白他的湖州官话，只得问道："扯嗓子说话那谁啊？”朱祖谋立刻再报了一次：“翰林院侍讲学士——臣朱祖谋。”太后居然笑了，叫稍近前些跪奏。朱祖谋依嘱跪前，滔滔不绝地申言，翻来覆去只有一个重点：董福祥的军队不可靠。

董福祥原先是回部之中的枭雄，左宗棠西征纳降的一名叛将，迭有军功，保升至提督。庚子年初慈禧召见，董福祥有两句很出名的奏答：“臣没别的能耐，只会杀洋人！”荣禄、刚毅都很赏识他，徐桐也说：“他日能强中国者，必福祥也！”拳匪扰掠京师之际，董的直属部队和义和团合流攻打使馆，打了一个月还打不下来，使馆守兵仅四百人，拳匪倒死了两千多。

联军入京，董福祥先抢了一大票，就自向西窜入回部去了。庚子乱平之后，本来要杀他的，又担心他在回部的势力大，或恐会激起国内的民族对立，才发落了一个“革职留任，仍统回军驻甘肃”。洋人不答应，才又退一步，将之软禁在家。后来端王载漪发配新疆，董福祥犹欲有所为，三不五时就偷偷带着一标人马去请见，要拥立载漪自立，载漪这个时候明白他的本事不行，野心却太大，敷衍了他一阵儿，俩笨蛋都死了。

可庚子年五月间叫大起之时，还只有少数几个人敢说董福祥不足以济事的。慈禧一听朱祖谋这么说，火气上来了，道：“你说董福祥不足为依靠，那么谁可靠？你说！”

朱祖谋立刻匍匐奏道：“臣于诸将帅交际生疏，未能悉其底蕴，不敢妄行保奏，致误国事。然如董福祥之骄暴粗疏，昭然众目共睹，臣既有所闻见，亦实不敢缄默。军旅事重，尚乞太后与诸王大臣熟商之，非臣有所恶于董福祥也！”

慈禧听这话虽然不高兴，可也着实震慑于朱祖谋的切直耿介，除了斥退之外，别无一言谴责。

到了第二天清早，军机大臣入对，慈禧忽然想起来，转问领班荣禄道：“昨儿有个翰林院的朱某人，同我辩理直是不饶；奏对之时，瞠瞪着俩眼珠子瞅着我，仿佛是十分之不满！今日想起来，还教人不舒服呢！”

荣禄连忙奏对：“这些个小臣可万万不敢对太后无礼，他跟奴才说话之时，也是这个德行，奴才细细观察，慢慢儿才知道：他那一对眼珠子有毛病，再加上畏葸矜持，眼珠子是不敢转悠的，没有旁的缘故。”

荣禄与朱祖谋其实并没有一面之交，至于朱祖谋是不是瞪着眼珠子同荣禄说过话，其实也无可考。但是仅此一节，可以看出荣禄的为人城府极深，在“用拳主战、扶清灭洋”

甚嚣尘上的当时，还能够阴持两端，暗抚清议，居然也就因之而保全了一位忠耿之士。

为什么说荣禄并不是真心想救人呢？因为是隔不了几日，荣禄还差一点儿阴谋设计，害死了朱祖谋。

就在大战方兴，使馆既围之时，人但见董福祥的部队时有伤亡，而外国人拒守于租借区中，看上去非但没有伤亡，而且谈笑用兵、毫发无损。这时连当初那些一力主战的都在找机会改口，唯独面子上还硬挺着，所谓“胆越孬、调越高”也。倒是朱祖谋，依然故我，动辄草拟一折上奏，“请刻日停战，保全邦交，为议和转圜地”。

这一天一大早他入内递封事，当下听说又留了中，没有覆旨，只好悻悻然驱车出城回家。前脚才进门，后首就听说军机处有传唤问讯的片子到了。是时天色微明，朱祖谋还没有用过早饭，便买了几个包子在车上吃，车入西华门，远远看见里头走过来一位顶戴花翎的大臣——居然是主战派的急先锋刚毅，算算时间，军机尚未散班，显见他是先告假退值出来的，缓步阳阳，甚有得色。

朱祖谋原先并不认识刚毅，如今夹道上狭路相逢，车前在署恭候迎送的苏拉知道：这要见礼的，遂高声喊：“刚中堂到——”

朱祖谋只得摔开包子下车一揖，刚毅居然温言婉语道：“刚才还读了你的折子，指陈切当，深中机宜——停战议和，其实真是今日不易之策，迩来老兄所奏，总能发人之所未发、见人之所不及见，佩服佩服！不过嘛——太后对折子尚有几句话还不是太明白，所以得召问传询，你老兄缓口气儿，以理明之就成！我还有要公，得先退值；仲华、夔石、颖之、展如诸公都还在班，你去见了，说说你的看法就完事了。我这里呢，一出门儿，就按你老兄折子里的话办：先传谕诸将，不只使馆要竭力保护，就连樊国梁（按：天主教法籍传教士，原名 Alphonse Pierre Marie Favier）那儿，也饬令严密防护，不许妄动一草一木的。”

朱祖谋愣了愣，随口问道：“但不知樊国梁何许人也？”

“大法兰西国传教士樊老先生，现在是西堂大主教，你老兄竟然不知道此人么？”刚毅说这话时脸上浮现了惊诧之色。

朱祖谋实说不知，又道：“下官与此辈一向没有往来，所以不认识。不过樊国梁既然是传教士，便是私人在华资格，非使馆邦交之类可比，应该不需要加意保护罢？”

刚毅一面朝外走，一面摇着头说：“不然、不然！应该保护，应该竭力保护、竭力保护的才是！”

待刚毅走远了，朱祖谋正要上车继续吃他的包子，忽听那苏拉自言自语道："不对呀！"

"怎么了？"朱祖谋问道。

"朱大人知道刚中堂要上哪儿去么？"这满面狐疑的苏拉接着道："刚中堂在西华门外'桃边香'饭馆儿里放着一套军服。这儿日一出禁中，刚中堂并不回家，乃直往'桃边香'去用饭。吃了饭，养足精神，换上军服，便率领四百小队上西堂去，怎么说都是去抓樊国梁的——昨儿已经是第三天了，打到黄昏日落，说是今儿非亲手杀了那洋教士不可，所以今日尽早，先退了值，就是去杀人的。这会儿——怎么、怎么又说是去'保护'了呢？"

朱祖谋踏进军机处朝房，果然如刚毅所言：荣禄、王文韶、启秀和赵舒翘等人都在，荣禄像是早就在等他到来，起身迎道："祖谋啊！太后似乎颇以你的折子为满意——只不过停战不能空言，使臣衔命去同洋人讲和，不知该用什么仪注。这在欧洲各国，应该都有定例可循的。方才太后问起，咱们几个都不熟，无以覆奏，所以请旨召你来问一问：该怎么办？祖谋应当是极其熟悉的了。"

这，其实并没有什么深奥难详之理。洋人于战阵之中呼吁停火，都是举白旗的，朱祖谋正要回禀，心头一惊——他倏忽想起方才在西华门里撞见刚毅时对方那异常的神色，不觉脊骨从脖梗一冷冷下了尾椎——好你个高俅巧设“白虎节堂”诱捕“豹子头”林冲的故事啊！

原来西人吁和是竖白旗不错，可在我朝，竖白旗实则是投降的意思。所谓的“用什么仪注”、“欧洲应有定例可循”、“咱们几个都不熟”、“无以覆奏，请旨召问”云云，根本是幌子，荣禄——乃至不在场的刚毅——其实都在等他朱祖谋的一句话：“举白旗”，待此言一出，便可以深文周纳，指称他输款洋人、劝降辱国，到彼时说推出去斩了，也就斩了。

就这么一转念，老书生朱祖谋大有所悟，遂答道：“我上疏之本意，乃是因为战事拖延既久，而不能得手，敌军连日进逼津、沽，去都门仅咫尺之遥，恐有碍慈圣颐养，这才冒昧请停战事的。至于停战该用什么仪注，生平实未学习，是以不敢妄奏！倒是总理各国事务衙门乃至于与洋人时有往来的堂司各官，不乏深谙公法的能员，何不请旨召询一番呢？”

这话说出口，有老半天儿没人能应声。没杀成这个老书生，很多人不是滋味儿，但是谁也没有进一步构陷他的词儿了。大伙儿一时之间都不知道该怎么说话了。

观城李胡子者，
绿林豪也。

肆·李纯彪·洞见品

萧乾编《近现代新笔记丛书·辛亥革命》有一则署名河南刘耀德撰文，刘梦成整理的《中州大侠王天纵》，开篇即云：“‘中州大侠，有识之士’，是孙中山先生对河南绿林英雄王天纵的赞语。”

王天纵，又名天同，字旭九，号光复。洛阳伊川县鸣皋镇曾湾村人。清光绪五年（1879年）生。据说幼年时就跟着镇上的武术高手孟七为师，前引的这一则笔记说他“每日，使枪弄棒和练习射击，有一手百发百中的惊人绝技。天纵与师傅仗义疏财，救济贫困，过起绿林生活”。这一段文字里有些个小小不言的舛误，下文说到了再予补充。

孙中山先生称许王天纵乃是因为他召集民众，襄赞革命有功。袁世凯当国之时，曾大肆搜捕革命党人，这引起了王天纵的不满，愤而辞去陆军中将顾问兼京畿军警督察处副处长之职。后来投入孙中山麾下，受命任靖国豫军总司令、开府四川，统有两个师的部队，算是党国元老。但是谓之“大侠”、“有识之士”却有些夸张。

“大侠”的部分，说的应该是孟七的师傅李纯彪。李纯彪兄弟二人，哥哥李纯风追随京师“庆远镖局”邓九升、邓剑娥父女走镖为业，勤恳忠直，宽慈敦厚，据说走了三十年镖，没有伤过一条性命。李纯彪就不同了。

李氏兄弟是山东曹州府观城县人，观城位在山东省西边，与河北濮阳县毗连，此地民风质朴强悍，如果说李纯风得其质朴之一隅，那么李纯彪就必然是强悍的那一隅了。根据李予善《琅玕阁汲古书谱·卷五百十九·会党三》的记载，形容他“观城李胡子者，绿林豪也。膂力过人，出没青莱间，垂四十年，无人知者”。可见他干盗匪堪称一流——真正第一流的绿林决计不会混出显赫的名号，这是江湖首要铁律。

关于李纯彪早年的生活，我们只能从《琅玕阁汲古书谱》上记录的一个小故事略知一二。这一段故事原本用文言文写出，对话风味十分带劲，颇有太史公的笔意。据传李纯风出门走镖讨生活的时候，兄弟俩在观城和濮阳县界上分手，哥哥问弟弟说：“日后何所事？”原本这也是家常闲谈，漫声一问。未料弟弟丝毫不假思索地说：“志在绿林。”李纯风闻言大惊，问：“何以出此？”李纯彪道：“愿与兄相终始也。”就在李纯风前脚跨进“庆远镖局”之际，李纯彪后脚跟进，干起了盗匪。当时，李纯彪只有十一二岁——这是从日后所发生之事的时间推算回去而得知的。

这里先说李纯彪结识孟七——也就是王天纵的“师傅”——的一段经过。有这么一天，李纯彪到登州，入夜不进市集，权借荒郊古寺休憩，这是他一向行事的习惯。夜半更深，忽然听见殿后传来猜酒拳，有人喊了声：“蹲吃一鸟！”这一声喊，让李纯彪心里有了底。原来这“蹲吃一鸟”是攒起拳头，以拇指贴于食指的第二关节之上，在划酒拳中，猜喊双方加起来只出一只手指之谓。本来，此语可以溯至《史记·货殖列传》，“蹲吃”其实是“蹲鸱”，形容一种大芋头的模样。绿林人未必了解这“蹲鸱”的缘起，但是喊“一鸟”时喊成“掖屌”——收束生殖器官以便扎缚紧身衣靠的谑称——喊“掖屌”就是准备换衣服出发，夜行劫掠的勾当了。一旦如此喊拳，当然是同行了。

李纯彪连忙趸进后殿，果然看见八个身躯伟岸的丈夫，席地而坐，正喝着酒呢。那八个人见了李纯彪，一不避、二不拒，齐举手拱了拱，道：“来坐！”李纯彪也落落大方，盘膝坐在其中一个少年郎的旁边。其间琐碎没得说，总之主客都猜得出对方是同道，三巡酒下肚，互相通了姓名里籍，上座一个出身京师康家营、名唤康十八的就问起来：“近日有何营生？”李纯彪居然操得一口流利的山西话，答得倒十分干脆：“别无所适，愿敬步后尘耳！”那康十八略无嫌疑，把话敞开来说了：临淄出身的一个某部尚书正要嫁女儿，奁资丰腆，据说价值白金万笏。那尚书本人在都下供职，家里只有兄妹俩，仆从也不多，十分方便下手。这批人需要李纯彪的一臂之力不是没有缘故，因为他身边那个少年初出茅庐，还正用得上一位老成人帮衬指点——这少年，就是孟七了。

接着，群盗“派料”（分配任务），约定了分批到达临淄的方式、联络暗记以及打劫输运的流程。一夜无话，天明之后便只有孟七还在，其余诸人都杳不知去向了。

李纯彪领着孟七来到临淄是三天以后的事了。届时果然正如寺中所议，从容得手。只不过在打劫过程中发生了三段小插曲。

头一桩是孟七在掘墙洞的时候发生的。为什么要掘墙洞呢？北地诸寇有旧例，飞檐走壁之盗常在墙头瓦上中伏、陷机关，所以每遇大伙行劫，总要差人凿墙，以备不时出入——人以为贼在高处纵跃，其实早就从墙根儿洞里钻出去，跑了。孟七是个聪明后生，墙洞掘得很快，够宽绰，且外观不易察知。李纯彪温言道：“你是个好孩子，凿墙洞不算什么出息。这样罢——待会儿你要是看我拈胡子骂人了，三日后可以到登州破庙里一叙。”

第二桩发生在群盗乘夜逾墙而入之际，那尚书大人的公子听见了动静，大叫仆婢起床捉贼，才喊了一嗓子，就教康十八亲手拿下，手起一刀，眼见就要出人命，不料李纯彪倏忽出手，愣是用两根指头夹住了那支精钢淬炼的匕首尖儿，还是一口晋腔：“咱们来一趟，图的不是点儿银钱财物么？杀人做什么？”康十八挣扎不下，又不愿在同伙面前露出受制的窘态，只好松了劲儿，放过那公子。李纯彪拈了拈颔下的一部美髯，笑道：“眼力佳好！”

第三桩发生于绝大部分现银已经得手之后，忽有一盗潜入尚书那姑娘闺阁内的套间，把她提拎出来，群盗艳其色，已经七手八脚地上前搋脱衣服，李纯彪又上前拦阻，道：“我李胡子纵横江湖四十年，所以能保全首领者，就是不采花。诸公请听我言：闹到这步田地，可以了；否则刀头染血，别说我不顾念香火恩义了。”说着时，又刻意地拈了几下胡须。

群盗先前已经见识了他指夹匕首的绝技，此际更不敢声张造次，将所掳掠的妆奁就地朋分之后，一哄而散，各走西东。这也是北地盗匪的行事风格，大伙齐集行抢，行前聚义信守，日夜痛饮狂歌，事毕星散，再会恐怕要到一年、两年以后了。散时孟七还跟着康十八，三天之后，这小子果然只身来到登州的那座破庙，从此成为李纯彪的弟子，依照《琅玕阁汲古书谱》的说法，孟七跟着李纯彪学艺的时间有三年之久：

“纯彪精双刀，不轻示人，倾其术以授孟七，三年毕其艺。”由这一段简略的叙述可知：日后王天纵在四川夔州府练兵，亲自下校场教导两个师的部队勤习“双刀阵”，人皆嗤笑其花拳绣腿、不务实，可是他当年率领所部、发动反复辟之役、攻打小辫子张勋公馆的时候，可就是仗着两片大刀，真所谓：“单刀看手，双刀看走，不消刀碰刀，方为刀中首。”其气魄胆力，固一世之雄哉。张勋窜入荷兰大使馆避难时，还不住地使唤那驻卫警：“毙了那个舞大刀的！毙了那个舞大刀的！”可惜人家荷兰兵听不懂他的江西话。

从这里就可以插叙一段王天纵随孟七学艺的经过。《近现代新笔记丛书·辛亥革命》的《中州大侠王天纵》如此写道：“（王天纵）幼年即崇拜游侠武风，在镇上拜武术高手孟七为师。每日，使枪弄棒和练习射击，有一手百发百中的惊人绝技。”事实上，孟七不可能教王天纵射击。孟七自己不会放洋枪，他唯一开过的一枪居然打穿自己的左掌。

王天纵的射击术是他在十八岁上，到鸣皋镇陆合总局当局勇之后苦练出来的，居然练成了一名神枪手。后来四出觅访，看上了何必山的地理，聚众拉杆，说是行侠仗义，劫富济贫，其实还就是盗匪。宣统二年，他听说东瀛有神州英雄结社，有粮有饷，遂东渡日本，与同盟会员开始有了接触，才知道那是一群咄咄书空的留学生。在当时，他一心只渴望能变天，还曾经跟一位同盟会的成员董捷先说："杀皇帝最是要紧的，古来的绝大事业，哪一桩不是从杀皇帝干起？"

武昌起义后，他率领以原本聚义之众为骨干的一支部队打洛阳，因为消息走漏，只好率领了七折八扣之下、不到一千之数的人马，加入了张钫的东征军。张钫看在"手边有人"的份儿上，委任王天纵做先锋官，这是个送死的差事。可张钫也没料到，王天纵就凭着他的两把手枪，身先士卒，突破函谷关天险，一路从灵宝、渑池打到南阳。从此人再也不能瞧他不起。然而，遇到了崇隆场面、非凡人物，王天纵总能低声下气，周旋委蛇，不肯居人之先；与张钫已经算是平起平坐了，也再三再四地推辞他那新到头的外号："中州大侠"。因之他与张钫逐渐发展出一种堪称莫逆的情感。彼此信任之深，远逾手足。在这一点上，他倒是很有点儿乃师祖李纯彪的远见。

李纯彪那一次抢嫁妆得手之后，分得了近千两银子，就此洗手。他随即买田宅、事农桑，看光景要翻脸变成一个好人了。《琅玕阁汲古书谱》说他教孟七武艺，一教教了三年，这个部分还是有问题。三年是个成数，写书为文之人信笔涂鸦，一定没有考查：实则李纯彪和孟七相聚的日子最多一年，孟七就回河南去了——否则他来不及碰上王天纵。另一个证据就得说到那一回打劫的后话。

临淄当地的知县闻报：尚书爷老家遭匪劫掠一空，奁资尽失，当然得倾全力搜捕。可转瞬之间一年过去了，莫说现银无影无踪，就连该有变卖典当出路的珠宝首饰也无任何下落。这是当时案发所在的采证出了纰漏：根据那公子、闺女和一班仆婢的记忆所及，一个说山西话的，其余几个都是直隶口音。是以尽管侦骑四出，都没料到：近在咫尺的山东曹州府就藏着一个呢。

有人给县太爷出了个馊主意：也是出身曹州府菏泽的俩捕快——由于史不传其名，咱们就借用《水浒传》里押送豹子头林冲的衙役董超、薛霸这两个名字罢——好事者说董超、薛霸号称名捕，虽然已经退休养老了，可人还在临淄落户，而且二人精神矍铄，应该帮得上忙。

这是搞商山四皓、老人政治；政治可以如此，抓贼就难说了。老董超和老薛霸硬着头皮受命，心中暗自叫苦。县太爷不只让座折腰，重金礼聘，还一人发付了五十两银子；直说这是前金，等人犯捉拿到案，还有后谢——看光景，一人少说还有五十两。但是麻烦在后头：限期一月破案。

董超、薛霸出得衙门，相互一合计，董超道："后谢那五十两是不能要了。"薛霸道："你看得倒松快，依我说，是死期到了呢！"董超、薛霸接着齐声说道："三十六计——走为上策啊！"

马老识途，人老慌路，二老揣着银子，一步一步瞎走，无意间也只能往曹州府跑。这一天来到观城，正是大热的天儿，暑气蒸溽，酷日逼侵，眼见路边有株大柳树，有个长髯翁正拎着壶酒，在树荫下独酌。董超、薛霸上前揖了揖，也就树荫底下席地而坐，那长髯翁非但让了座，还给斟了酒，随口问讯往来去留，俩老捕快俱将前情说了。"那么贼捉得到么？"长髯翁问。

"叫我二老去向哪儿捉去？"董超道。

"那么二位意欲何为呢？"

"不过是逃死罢了！"薛霸道。

长髯翁掀髯而笑，道："那盗匪不是别人，正是在下。今日既然相逢共饮，便是友朋，怎敢因案害公等白发投荒呢？不过我干下这桩买卖，家人实不知情，还请二公不要声张，惊动了邻里。”于是李纯彪带着俩捕快回家告辞，顺便遣徒儿孟七“走一趟洛阳”，孟七就是在这个时刻离开李纯彪的，而且他从此再也没有回过观城。算一算，二人朝夕相处，不过一年的辰光。

至于跟家人告别的说词，李纯彪像是早就预备下了：“这二位临淄来的朋友邀我去游历游历，看一笔生意，能有个百把两银的利头。我快则兼旬、慢则一月，去去就回。”这穿窬越货属于重罪，尤其是太岁头上动土，抢进了尚书爷的老宅，李纯彪怎么有把握“去去就回”呢？

可果不其然：尚书家的公子和闺女在大堂上一眼就认出了这蓄长髯的“恩公”，居然双双落跪，泪眼婆娑地向县太爷请命求饶。那年头儿的县太爷吃不吃权贵子女请托的这一套呢？你看咱们这年头儿就知道了。

《清朝野史大观·清人述异·卷下》里有一则《李胡子》，也记载了这李纯彪的事迹：“是时女公子已出阁，适归母家，恍惚忆群盗入室时保全其节者为李胡子，告知公子，公子亦忆被执时一长者呵止群盗，得免于死。急谒宰述其事，属勿加刑。宰亦高其义，第按名捕八人者骈戮于市，而李得释，公子感其保全之德，厚赠以归焉。”

这段话大体得其实，只有一点：李纯彪其实并没有出卖同伙盗匪，那八个人也没有因为这个案子而明正典刑，这是说故事的人想给人一点儿惩恶扬善的教训所施展的手法。咱们妄言姑听就是了。但是李纯彪还真赚到了钱，那公子要谢救命之恩，封赠了“白金十笏”。一笏十两的条块，十笏整一百两。李纯彪出门之前果然没有吹牛。

混江湖要有远见，玩儿政治当然更是如此。根据王天纵的口述回忆：当年教他一定要在鸣皋镇陆合总局学打洋枪的就是孟七，而且孟七逼着他一定要练打双枪——就像李纯彪教导的双刀一样。为什么要成双呢？没人知道。王天纵只说，他因为练习右手射击已经神准异常，懒得练双枪了，孟七一把将枪抢下来，朝自己的左掌心击发了一枪：“不练？那就废了它罢！”孟七这一枪轰出了徒弟日后的功名，可谓惨烈已极。我个人的浅见是他不知道枪击成伤的厉害程度。

至于王天纵，他的远见又是什么呢？

让我们回到萧乾编的《近现代新笔记丛书·辛亥革命·中州大侠王天纵》：“张勋复辟，天纵气愤异常。曾对张钫说：‘我当了十九年山大王，就为的是打满清，参加辛亥革命也是要推翻满清’，张大辫子逆天行事，不打他打谁？”

怎样说这话有远见的味道？我认为王天纵一定早就看出

来：中国人一旦祛除五千年帝制，骨子里要干掉的还不过就是非我族类之人——这话即便到了今天还是政治场上的金科玉律。

但听豁浪浪、豁浪浪，
牢门儿上的铁锁
全散在地上，人呢？

伍·黄八子·佚智品

这一天深夜，江苏海门县城北一爿丝铺出了劫案。有不知何方而来的独行大盗在一夜之间偷去了五百多两银子的货款，报案的上衙门里禀控之时天还没亮，听问的是刑房书吏的一个学生亲戚——那书吏亏空了漕银，被臬司大人查了出来。臬司大人发落得还算轻：教把亏空的银钱照数缴还，如此人还可以复职，只不过得暂时押在县衙的地牢里——由于是替手听控，问得特别仔细。

丝铺掌柜的原本是个精明人，凡事小心仔细，这一回遭劫时并不慌张，也把案发当下诸般细节供了个历历如绘，这厢说得清，那厢录得明，连损失货银的数额，都到了几钱几分的详细。唯独一点：那打劫之人的身法、手法实在太快，没有一个人看清楚他的身形长相。报案问录已毕，丝铺掌柜的回家去了，这刑名学习也回头补眠，却没料到他才倒头就枕，梁上就跳下一个人来，这人翻箱倒箧一阵儿，找着了不知什么东西，就着蒙蒙亮的天光，恣意观览一阵，阅毕随即放回原处，这人却趁着黎明曙色，径自往城北去了。

天亮之后过了几个洋钟点，时已近午，衙门口儿来了个精壮汉子，自称犯了事，前来投案。问称什么案，立刻答道：“城北丝铺劫案。”

对于投案之人，律例不捆不铐，问录时待遇比报案的还优厚，还看座位，俗称“教席”。这人大步趔趔登“教席”坐定，把夜来发生之事说了一遍。原来同伙抢劫那丝铺的一共是两个人，一人入室行劫，一人墙外把风，俗称插旗的便是。之前在《李纯彪》一文中，介绍过凿墙洞的买卖，此处插旗的，就得凿墙洞。插旗的先同行劫的一块儿翻墙入院，约定凿墙洞的位置，行劫的便去了，凿墙洞的凿他的墙洞，也不闲着；凿穿了，人便在墙外守候。得手那人总会将赃银赃物先从洞中递出，再钻身出墙，与那插旗的前往一处早就看好的所在，分了赃，各奔西东。

可这一回非比寻常：行劫的劫了丝铺，按约定把银子塞出洞去，自己一纵身跳上墙头，四下一打量：怪哉！他那同伙儿上哪儿去了？其间不过一眨眼的光景，怎么人就不见了？银子当然也不见了。这贼在墙头上蹲了蹲，才想起自己这是撞上了窝里反、黑吃黑。

刑名学习问他：“那么你叫什么名字呢？”

“小人姓黄，叫八子。”

“黄八子！你来投案，循例不会亏待，可是有人无赃，案子连发审都不成，我只有暂时将你押起来，等原赃追获，或者是共犯落网，才能请大老爷升堂发落呢！”

“这一套我明白。”黄八子气定神闲地说。

从这一天起，黄八子便成了海门县衙地牢里的贵客了——由于案子未审，此人看来又十分练达结棍，不是什么好得罪的，众狱卒便索性将他与那刑名师爷给囚在一间房里了。

日子稍久，黄八子自然而然交上了师爷这个朋友，也知道了他亏空漕银究竟是怎么一回事。

原来旧时为人干胥吏的，总得有一本送往迎来的账，随时调节出入，交际上下。这本账偶有失衡，就得立刻填挪补贴，搬运周旋，否则几个月之内再碰上几次不能不应付却又应付不来的大开销——从皇上万寿到知府巡游，都是要花钱的。

这刑房书吏姓刘，叫刘仰嵩，河南人——人很会算计，就是太会算了，县衙里一干用度，原归钱谷书吏执掌，刘仰嵩也经常过问，是以诸事都井井有条，按部就班。这样也有麻烦，那就是临时支应调度，经常有捉襟见肘之苦。

这一回说亏空，其实不只是书吏一个人的事，而是按察使大人在大半年前四处巡按，在本县停留的时间出奇地长，这是个百把两银子的小破洞，拿漕银垫上就没事了。直到漕银上缴不足数，原来这挖东墙、补西墙的事不只他一个人在做——大老爷和钱谷书吏也一样做得，问起来，只有刘仰嵩认账，说："是我挪用的！"既然是你认的，那就都归了你罢。

"你到底儿亏空了多少银子？"黄八子问道。

"账头四百五十两！"刘仰嵩叹了口气，道："我不吃不喝也得好几年才还得上。如今把我给押进'书房'里来，虽说偶尔还能在这儿看看公事，于东家来说，毕竟是极其不便的。赶明年我要还是筹不出钱来，可不只是得囚在此处，恐怕连馆职也保不住了。"

"四百多两不是什么难事。"黄八子说："我为先生办妥了就是。"

刘仰嵩没说："你也囚在这儿呢！如何'为我办妥'来？"反倒直觉以为黄八子口出此言，并非一般泛泛的应承。因此连忙答称："果尔如此，刘某必有以报公！"

从此二人交情益深，踪迹越密，刘仰嵩家来送牢饭，都摊开来邀黄八子一起吃。黄八子也不客气，你敢邀，我就敢吃，真成了刘仰嵩的自家人了。这一天，送进"书房"来的晚餐有一味羊腿，黄八子吃着大为赞赏，问刘仰嵩道："这羊腿是家里自做的，还是市肆之中买得着的？”

刘仰嵩道：“这是买的。”

黄八子又追问：“什么地方买得到？”

“自凡是熟食铺子，都买得着的。黄兄吃得顺口，明日我叫家人多多准备就可以了，眼下市集门封，去了也做不成交易。”

“我自饿了取食，该给的钱还是要给，可未必要同旁人一道赶集罢？”说着但听豁浪浪、豁浪浪，倾蒌空笼之声大作，待狱卒听不下去跑了来，牢门儿上的铁锁全散在地上，人呢？

刘仰嵩是明白人，随即嘱咐那狱卒不必声张：“此人去去就来的！”

黄八子果然是去去就来，来时扛着两只全腿，一只给了狱卒分食，一只捧在手中持刀细细片了，一片儿一片儿地和刘仰嵩分吃起来。

“可你来去如何这般神速？”刘仰嵩神情大是不解。

黄八子弯腰将裤管一提，露出贴在两条胫骨前头的神行符来：“全仗神行符之功，算不得真本事。”

“这就不对了！”刘仰嵩一边儿吃着片肉，一边儿笑道：“你若有这等神通广大的神行符，城北丝铺的那趟买卖，怎么还让你的同伙吃了黑呢？”

黄八子闻言一愣，沉吟了半晌，才道：“我今与君深交，才敢对君实言。城北丝铺那生意，不是我干的。”

这又是怎么回事呢？

原来黄八子本是北地豪侠，流落江湖之后就没有什么本籍在地的计较，飘荡随遇，不几年前就加入了太湖盗匪大伙，号称“太湖红”。“太湖红”一群十八人，某日往劫一富室，明火执仗，破门而入，捱房搜劫财帛。适逢事主有个女儿，年甫十五六岁，一听说强盗来了，惊骇战栗，不敢逃逸。这“太湖红”的伙首一见垂涎，就霸王硬上弓了。

黄八子闻知发生了这种事，上前要拦阻，生米已经嗑成烂饭。黄八子顿足大骂：“干下这等不义之事，必遭诛戮！你这是要连累大伙吗？”那伙首还嬉皮笑脸地从屋里回嘴相讥，黄八子怒道：“贪淫必败，天道昭彰，这是咱大伙结义之时的帮规，你既然忘了，我就再给你提个醒儿！”说完，黄八子掉头就走了。

“这就是我为什么一夜奔出三百里路来，认下城北丝铺这桩小案子的缘故。”黄八子道：“这些日子我每日进出邻县富商巨室之家，已经探得‘桃源’，必有蝇头之获，可以为先生解急。此外，还有一事要紧：丝铺中失窃那日拂晓，我曾前去南墙下凿一穴，三日之后，便有银两在彼处，恰恰符于失窃之数，就在穴前一尺之地，下掘五寸可得，这就是丝铺失窃的赃银了。但请先生出了‘书房’之后，为我致意丝铺掌柜：请他见赃即领，不必深究。我只须在大堂上翻供说前录供状系出贪赃不确，其实丝铺的案子是我一人所为，这就结了。”

三日之后，刘仰嵩家人来告：内室床前几上冒出来四百多两银子，可以上缴完账，刘仰嵩即刻便能出狱了。刘仰嵩当然不能不信守黄八子的托付，随即到城北丝铺南墙根儿里起赃，其数正与失银吻合，虽然并非原镪——可谁会在意呢？

此后只有三桩小事可说：“太湖红”一伙十七人全数落网，伙众供出黄八子来，可是黄八子已经背上了海门这边的小案子，人赃俱在。既然就是这一个人犯，怎么可能一夜之间同在三百里外干下两起案子呢？“太湖红”大伙显系“仇攀”，不予采信。此其一。海门城北丝铺之案照自首例减一等，黄八子仍须服刑，且就近有美味的羊腿可吃，真是得其所哉。此其二。说到了羊腿，就还有一桩小事可提：日后黄八子刑满出狱，刘仰嵩算了算，发现床头几上的银子比四百五十两多了几两，恰恰是招待黄八子吃了几个月羊腿的肴资。此其三。

结果，他没能报了仇，
他的仇家却报了恩。

陆·双刀张·巧慧品

少林宗法，以洪家拳为刚，而孔家拳为柔，居于两者之间的，乃是俞家拳；从颍水流域——也就是河南登封县嵩山西南，一路往东南流到安徽凤阳一带，偶有传其术者。其中较知名的都是干明路买卖的，所谓卖艺、走镖、护院等行，因为身在明处，容易得罪于暗处，有不少非关本行的恩怨是非，积累经年，也常是情非得已之事。

由于兼采刚柔相济之术，俞派特别擅长一种身法，那就是左右两手各使一路相同的兵刃，但是两下里技巧施为全然不同，接敌之时叫人捉摸不定，甚是难防。到了明代，还有双枪杨氏、双鞭呼延氏、双锤岳氏、双钩窦氏和双刀张氏流衍，但大多都只是传闻，外家之不入其门者，绝难窥其密术。

清朝乾嘉年间，安徽凤阳府宿县有个张兴德，就是练俞家拳的。根据地方志的记载，这镖师出身的张兴德颇有侠名，外号人称“双刀张”。地方志还提到：“里尝被火，有友人在火中不得出，张跃而入，直上危楼，挟其人自窗腾出，火燎其须发皆尽，卧月余始愈。”

另外一桩颇为人所称道的事就是天马山屠狼的一节——相传天马山多狼，人无如之何者，还伤了好几条猎户的性命。可此山古来即是南北交通孔道，困于兽，实在说不过去；报官叩请捕拿，官里也不是不捕，而是捕狼的差官们比狼还不好对付。这一日张兴德经过山口，听说闹狼害，当下不走了，着皮匠连夜打了两块厚可寸许的肩垫，趁天色将明未明之际出门，单人徒步，只手倒持着一根削成两尺有余、三尺不足的短枪向山而行。人问：“张师傅怎不带双刀去？”张兴德道：“双刀是伺候人的，狼不过是狗样的东西，怎值当得？”是日杀三狼而返。一连三日，山中各溪涧沟壑之中陈狼尸者九，皆健硕肥大者，从此天马山狼迹遂绝。乡人察看九匹狼的死状，都是一枪贯入腹中，洞穿而过，手法干净利落，因问张兴德：何由致之？

张兴德说：“狼是个狡性的野物，知道人手中有铁器，乃不轻易现迹。总是暗暗跟随彼人，到了穷山恶水之地，才略示踪影。几经周旋，这狼会刻意找一株干身高大的老木，匍匐其上。

“须知人称‘狼顾’者，即是那狼虽伏身向树，却能旋颈回眸，翻转无碍；窍门便在于此：一旦它‘狼顾’起来，便是在看彼人如何出手了。此际若是寻常沉不住气的猎户，定然挺起矛叉刀枪，或劈或刺，可是无论出手如何迅速，都不能及得上那狼的矫捷，兵刃一旦落定，入木何止三分？此际那狼早已一个筋斗从树干上凌空跃至彼人身后，前爪搭肩，遂往后颈上下口，此时彼人已万无一分生理也。”

张兴德的法子很简单，一路入山无话，待那狼现身匍匐于树之后，才假意以短枪另一头的“鐢子”刺之，狼反顾不得其实，以为枪尖已经埋没于树身，当下翻落张兴德的背后，双爪才攀定，底下张兴德的一杆短枪已自顺势送进它的肚腹之内了。

天马山除狼害，为张兴德奠定了不知是福是祸的声名。本乡本里的子弟之艳羡其技者，多方关说，求入门下学艺。张兴德也说得很清楚：“我身上这点儿本事，本不打算倾囊而授，是以恁谁也学不全；贵子弟胡乱练几手防身健体之用，反而耽误了一副好资质，不去访名师、求妙道，出神入化，岂不惜哉？”可越是这样说，人越是钦敬他诚信不欺，也顾不得什么名师妙道了。张兴德未尽授其技，居然让他获得了更大的声誉。

在他的门人之中，有个叫邓纯孝的，人极方正忠厚，也慷慨豪迈。某日过凤阳府城，在客栈里认识了一个少年，姓汤，叫碧梧。邓、汤俩人一见如故，谈笑甚相得。翌日邓归宿县，不意在道途间又遇着了汤某，二人各乘一骡，并辔驰驱，可以说的话就更多了。

不知如何，有那么一个话题是从骡口身上讲起的。汤碧梧原本听说，张兴德另外还有一则故事。相传是近十年之前了，张兴德只身走保一镖，护送一颗径可七八寸的夜明珠自广东昌化北上至京，与货主见了面，再连人带珠保出关外。这一趟行脚单程不下万里，张兴德始终没有一句说劳道苦的话。完事之后，那货主厚加赏赐的不提，还外带送了他一头健骡，说是此骡留在那人身边，不过是推推磨、载载粮而已，可是“豪骡一入英雄跨，赤兔犹惭百尺沙”；宝剑赠烈士，乃不负天生尤物。张兴德得了这骡，甚是欢喜，字之曰“万里”，以纪念那一趟迢递之行。而汤碧梧所说的这一则风闻确乎不假：邓纯孝跨下之物，正是这头“万里”。

汤碧梧遂道：“尊师能将此物付尔，可见器重之深了——小弟流落江湖，久闻尊师大名，亟欲拜在门下学艺，但不知能否夤缘一见？”邓纯孝闻言大喜，道：“你我萍水相逢，已然如此投契，若能同门切磋，岂不甚好？”于是一回到宿县，就替汤碧梧引见，张兴德还是那番老话：“我身上这点儿本事，本不打算倾囊而授，是以恁谁也学不全；你胡乱练几手防身健体之用，反而耽误了一副好资质，不去访名师、求妙道，出神入化，岂不惜哉？”汤碧梧闻言一跪，道：“师傅不传，弟子不起，也就无所谓资质好坏了。”张兴德深深望了他一眼，叹口气，摇摇头，一抬手，让他起来，算是收了。

这一心习武的少年汤碧梧就学极勤，事师甚敬，于同学亦非常和洽，从不挟技欺人，惹是生非，可就一样儿：他这人偏偏讨不了张兴德的欢心。平日同学请益于张，张总还愿意指点一二。唯独汤有什么疑难问询，张若非支吾以对，就是相应不理。对于张之落寞相待，汤似略无介意，还不时张罗些酒食伺候师傅及师兄们。张似乎也不怎么在意，偶尔心情好了，略一举箸即停杯，也是敷衍的意思居多。

看在邓纯孝的眼里，却很不是滋味；终于有一日忍禁不住，同师傅顶撞上了：“师傅待人一向公平持正，何以对碧梧如此冷淡、不近人情呢？”张兴德的答复很简短：“喔！”

忽一日，汤与邓谈到了技击，汤问道：“早就闻听人说：俞派以罗汉拳为最精到，是这样吗？”邓答道：“天下拳法归少林，少林刚柔在俞宗。俞宗奥秘都在咱们师傅的身上，可他老人家就是不肯传齐全了。”汤接着问：“这又是为什么呢？”邓叹道：“师傅说了：一路拳本来就有一路拳的窒碍艰难，谓之‘关节’，要打通‘关节’，非兼收他者之长不可；要兼收他者之长，非唯于己不能求一个‘纯’字，于拳法便也只能落于胜人一筹之下乘，此‘关节’之精微所在。不可忽也！”

汤立即接道：“如果我只问一招一式呢？”邓狐疑道：“敢问是哪一招、哪一式，有如此精要艰难吗？”汤道：“罗汉拳第八解第十一手，作何形式？我一直悟不明白。师傅忒严厉，我不敢乱问，烦请师兄代问一声，可否？”“这不难，我这就替你问去——”“不！”汤道：“师傅多疑，师兄无端问了，反而要穷究严诘不止；不如等后天师傅过生日，趁他老人家微醺之际再问，就说：外头有人议论，这罗汉拳第八解第十一手已经失传，是不是真失传了？若未失传，师傅一定会说的，师兄仔细听了便是。”

邓纯孝依着汤碧梧的吩咐做了，果不其然，张兴德酒酣耳热的当儿，一时兴起，便将罗汉拳第八解第十一式且说且演了一回，传给了邓纯孝。不消说，当天夜里，做师哥的比着葫芦画瓢，依样再传授给小师弟。汤碧梧再三称谢，不烦细表。

次日晨起，汤碧梧顿失形影。众家师兄弟遍寻不着，禀明了师傅。张兴德闻言顿足大叹：“果然！果然！我没有看错啊！——快快快——去至厩里瞧一眼，‘万里’还在不在？”不看还好，一看更急坏了老师傅：“万里”也没了。张兴德回过神来，即对邓纯孝说了句重话：“你再糊涂，也不该替匪类盗取本门武功啊！”邓纯孝一个劲儿地谢罪，只说：“实实不知情故！实实不知情故！”但听得师傅颓然说道：“我早就怀疑此人用心不正，必有邪谋。本来想慢慢儿察看，究竟有什么机诈，不料还是被这鼠辈先觉一着——此人必然是先为绵拳孔氏的传人所困，又侦知此技唯俞家罗汉拳足以破之，而学之不全，才出此下策，辗转窃取。单就此言之，还算情有可原，可是将‘万里’偷了去，就别有坑陷咱们的意思了。好在为师的早已料想到此人还有这一步——”

说到此处，张兴德立刻转身叫邓纯孝急速前往县衙递上控状，禀官追拿。诸弟子异口同声地说：那姓汤的蟊贼骑的是“万里”，此物一日能行五百里，就算控官追缉，以天下之广，八表之荒，哪里还追得回来呢？又要往何处去追呢？张兴德只是跌足怒呼：“快去快去！不如此，大祸就要临头了。”

邓纯孝遵命而往。过了一两日，自然就像众家师兄弟所说的：哪儿还会有“万里”的踪迹呢？张兴德仍不死心，再遣人赴官追控。此举大出众人意外，因为“不过是一头骡子大点儿的事”，干嘛这么小心眼、死心眼呢？众人担心的还不只此——试想：一个威震北五省的镖师，教人给偷去坐骑，已经够丢人的了；一再求告官府，简直是打砸了一块招牌。连寻常老百姓也要笑话他：“镖师遇盗，还是闷着点儿好，瞎张扬个啥呢？”

过了一个多月，有缉捕公文自归德县来，说是“有贵官南来，为盗伐于野，尽劫贵重物品以去，唯遗其骡。骡身有烙印，有识之者谓张某之物……”云云。可幸亏县衙里早就有张兴德失骡报捕的控状，这就是凭据了，张兴德于是才幸免于一场牢狱之灾。

张兴德牵回“万里”，大摆筵席，召集乡人作别，道：“张某人行走江湖二十年，未尝失手，如今乃败于竖子，誓必得之；否则，我也是不会回来的了！”言罢跨骡而去。

这位老镖师既然行走江湖二十年，故好交游之中，泰半都是各地的豪杰人物，黑白两道、三教九流，自不乏消息灵通者。过了一年多，查出了点眉目：那“汤碧梧”是个化名，此人原来叫“毕五”，是嵩山一带的大盗，只不知老巢本寨究竟置于何处。好容易从山里人打听出他原先还有几处暂栖之所，当年春天里已经尽数焚毁，群聚之人也一哄而散了。

张兴德失之交臂，益感忿忿。可当初离家之时，曾经发下重誓，要是就这么罢休，“双刀张”的字号岂不要永世蒙羞了吗？于是隐姓埋名，溷迹市井，所从事的不外是屠沽丐贩而已，数年之间，就算是亲戚故旧也认不出他这个人的音容形貌来了。

话分两头。且说张兴德有个老生子，名唤颐武。当张兴德出外寻仇之际，张颐武还十分年幼，经常向母亲哭闹着要父亲。到了十四岁上，忽然有一天从塾里逃学出走，只在书案上留下了诀别信一封，内容同他老子临行时的语气一模一样：“誓必寻得父亲之下落踪迹，否则，我也是不会回来的了！”

这一对父子先后出走，真正受牵累痛苦的当然是为人妻母的。她央请丈夫当年那些个徒弟四处打探，却一点儿朕兆也不可得。邓纯孝倒是时常来照顾奉养，安慰她：“颐武虽然年事轻，可师傅那身功夫却早就在他身上扎了底的，吃不了什么亏。再者，这么些年来，‘双刀张’三字的名号仍旧响亮，倘若有什么尴尬动静，颐武只消表一表师傅的大名，没有闯不了的州府。”这番安慰的话算是让他师娘安了心，可谁也没料到：一晃眼，又是十年过去了。渐渐地，宿县方圆百十里地的人恐怕都把“双刀张”这一对父子给忘得没了影儿了。

忽一日，有军官数人鲜衣怒马，直入村中，个个儿手持鞭棰，挨家挨户地打门，问：“双刀张”家究竟在什么地方？这么声动四邻，没多大一会儿工夫，就都找上了“张家师娘”。

来人一见师娘的面，俱行了参见大礼。为首之人出示了一封手札，竟是张颐武的亲笔——此子如今已然官拜三品，任职海州参将了，送信回乡，就是为了专程迎迓母亲的。

原来张颐武出走数年，遍访其父，不得半点音信，结果也走上“明路买卖”一途，成了个跑江湖卖拳脚活儿的艺师。与其他卖艺者不同的是：在他的场子边儿上，总竖着一方草标，上书“卖艺寻亲”大字。这么一亮相还挺管用，有些时偏就有人上前殷勤探问，知道些捕风捉影的消息，果然也拼凑得出那张兴德的行脚下落。有说在南阳见过他的，张颐武就往南阳奔；有说又向西去的，张颐武后脚便随着追出陕、甘两省。

某日，他来到宁夏某邑售技，忽听得耳边有人怒声喝道：“总爷到了！肃——敬——回——避——！”来人正是总兵官。张颐武不及走避，正惊疑间，但见总兵官来在近前，立马上熟视良久，徐徐笑道："别怕！我看你年纪轻轻的，功夫却不恶，只是还有些不地道。来来来！容我为你小老弟指点一二。"当下指点起来还不够，总兵官索性就把张颐武带回营里去了。

过了几日，张颐武思父情切，俱将离家闯荡的一番情由向总兵官恳切禀报，意思就是不想再切磋什么武艺了，还是要四出走寻父亲的便是。总兵官笑道："这有何难？你就在此地多住上十日，本官非但保你父子相见，还能保你父子逮住当年那个蟊贼，你意下如何呢？"张颐武听这话很玄，可人家毕竟是个方面大员，不至于同他这么个小百姓打诓语，遂将信将疑地留了下来。

过了几天，总兵官派遣标下一名守备对张颐武道："总兵官有意将他的女儿许配给你，你意下如何呢？"

张颐武道："小子出外寻父，多年而不得；母亲又在千里之外，未曾请命，怎么能成婚呢？"守备道："你堂堂一个男儿汉，怎么迂腐到这般地步？老实对你说了罢：尊翁就在此间，但是非得让你同意了这门亲事，他老人家才肯见你呢！"张颐武多少年未能见父亲一面，想想他老人家沉潜无踪，藏匿既久，或许性情变得古怪了，亦未可知。虽说是万般无奈，也只得答应了这门亲事。

总兵官的千金是个敦厚温顺的女人，于武艺也稍知一二，说是经父亲亲自调教过的，洞房花烛之夕，小夫妻俩谈起了武学，还颇能相得，转眼间已过了四更时分。说巧不是巧：成亲次日，正逢着总兵官在校场举行大阅盛典，就在天快亮的时候，总兵官召张颐武出洞房，入营房，付予另一套总兵官的全副兜鍪铠甲，还给了他一个锦囊，让他佩挂在胸前，并嘱咐道："今日例行大阅，我不能不出去校试行伍，但是料想必有异人来劫。不过那人倘若一见是你，一定会吓得惊走逸逃；而你呢，千万不要放他走遁，须赶忙将这锦囊中的书信给了他，切切勿忘、勿误！一旦误了，你就见不着令尊了！"说完这话，立时又召唤了四个心腹将士，分别御一马，将总兵官和张颐武团团围在当央，随即扬鞭出发了。

此刻天色仍未明亮，六匹马、六条身形，在模模糊糊的晨雾之中缓缓前进，略有伸手不辨五指之势。猛可间风声飒飒，迷雾之中但见一巨雕也似的黑影凌空而下，直扑眉睫，这时前后左右四匹马上的人不由得大惊狂呼，而张颐武已经在这转瞬之际倏忽落马，也就在这落马的片刻，他当即发现：将他拽下马来的那人凑近前只一瞥他的脸，就松开了手。这人究竟是敌？是友？还是什么要紧的人？——于是张颐武赶紧大叫：“别走、别走！我是替总兵官给你送信的！”

那人果然停下身，回手拿去锦囊，拆开囊中信札，一面读，一面踌躇着。原先那四名总兵官的贴身心腹却在此时齐声大喊道：

“张公子不认识令尊翁了吗？”

张颐武哪里还能分辨？先下手将那人紧紧抱住，当下便是一场嚎啕痛哭。说时迟、那时快，总兵官这时也驰马回奔，来到跟前，一个滚鞍落地，居然就跪伏在尘埃之中，昂声冲那凌空而下的黑影喊道：“毕五给‘双刀张’老前辈请罪了！”

张兴德凝眸远望，失神伫立了好半晌，才一手搀起了儿子，一手搀起了毕五，道：“你、你、你真真好神算哪！我这老匹夫，嗐！不意又坠于你的手中一回。完了！还有什么可说的呢？”

“双刀张”间关千里，自苦为极，只为抱一欺智之仇；结果，他没能报了仇，他的仇家却报了恩——这个故事的结局是：

（张兴德）父子并辔归，总兵（当然就是那毕五了）隆礼以待，新人（当然就是那毕五的女儿了）亦出拜见。寻署颐武百夫长。无几，回部叛乱，即使张父子往讨平之；总兵尽归功于颐武，并为运动于部，得海州参将。总兵以曩所学犹有未至者，亟叩张请益，张掀髯笑曰："老夫十数年来再败于君，君之智，至矣！区区之勇，尚欲得之以擅双绝耶？老夫今无因靳此——天乎？人乎？"乃悉授之。

可我根本没入场，
是怎么中的呢？

柒·张天宝·运会品

科考缩减了文化内容，但是科考本身却是有文化可说的。现在举行大规模的升学考试，都说不同于以往的八股取士——甚至我们的孩子还经常可以在教材里读到谴责科考戕害士子精力和思想的内容，这种内容，要是不把它背下来，可能还会考不好。你说奇怪不奇怪？

说书人的本家张天宝是浙江绍兴人，从小修习儒业，有个生员的身份，可生员不是白赖的，每年都得接受府里、县里乃至于省派学政来到地方上所举行的许多考试，称之为小考。小考考得好，理属应当，这表示读书人尽了点本分；考得不好，就不应该了——天生万物以养儒，儒无一业可报天，再不读好书，怎么对得起国家？——依照这个思维，小考不及格，生员还要挨板子。张天宝常挨板子，是俗称“铁板屁股”的那种人。这种人不是不读书，也不是好嬉戏，就是不会考试。

小考不售，大考更是休想。每次入闱，脑子里就一片米糊，半点墨汁儿不剩，如此老在家乡等着考后挨打也不是办法，于是想办法到北地里跟着些同乡前辈干“小师爷”。小师爷，顾名思义，就是师爷的徒弟。通常师爷混大了，自已不大管技术实务，有账要算、有稿要拟，都只动口不动手了。那么谁来动手呢？就是师爷身边的学徒。开店的叫“小利把”，跑腿的叫“小跟包”，幕宾高人一等，从学业伊始便称师、称爷。

由于张天宝出身绍兴，干师爷似乎是胎里带的本事，小师爷干了没两年，就因为性情平和、善随人意而独当一面，应了聘。之后在陕西、河南、甘肃等所谓“三辅之地”辗转“游幕”，十分忙碌活跃，也颇为牧令所喜。每月所得修金除了寄回家去孝敬双亲之外，还有余钱积存，纳粟捐了个监生的资格。三年一大比，举行乡试，这张天宝因为有监生证照，具备了考试的资格，是以一有机会就向东家请休假，到京师入北闱赴试——其实总考不终局，就完卷出场，之后的日子里，无论是看戏赌钱，也无论是秦楼楚馆，总之不过是观光，窥奇好艳而已。说他沉迷此道就不对了，毕竟嫖赌是要花钱的；钱不够，三年来凑趣一回，不至于蚀本伤心罢了。

乾隆三十八年戊子，张天宝的东家丢了官，他也就不得不辞馆。想起曾经有旧日主东在都下候选，曾经给他写过信，信上说得很实在：有“一旦得铨，诸事仰仗”之语，这话就是邀约入幕做宾了。于是不及知会便径赴京师去寻，到了地头上才知道：人家早一步得铨一职，到广东上任去了。张天宝只得滞留于京，等待机会——弄不好，这可是要饿饭的。

这一年逢着“大比”，最便宜的居住之地就是各个容留北地诸省来京赴试的会馆了。可是会馆早就被前来应试的考生占满，更不许停留闲人。要找寻常住房，则房价腾贵，力有不逮，几乎搞得存身无所。幸亏前些年遇上的东家以山西人居多，他可以说得一口流利的太原话，发现有山西人经营、专门照应山西老乡士子的会馆还有空房，于是假冒自己也是来考试的，才算是勉强得以栖身。

才住下不多时，忽而又有来看房的。这一标人鲜衣怒马，风光大为不同，凡有空房，全都包了下来，这一间看过，当上房；那一间看过，当下房。有专用的书斋、专用的客厅，包厨包厕，可以说是一应俱全。每说一间屋作何用处，当下就有小厮动手打点，等前面走着、看着的三五人数落既毕，后首跟着的已经将一间一间的房舍布置得井井有条、陈设焕然。又过不多时，来了个少年，看他马腾车涌，仆从如云，不消说，是要赶考的贵公子到了。第二天，这贵公子还拿着名柬到各屋拜会同乡，这时张天宝才知道：来人是太原当地首富王家的少爷，叫王福康。不消说，膏粱子弟论起文墨来，还不一定及得上这“铁板屁股”小师爷呢，不过，人家可真是来北闱一试身手的。拜完了客，还上他那书斋念书去，张天宝一听，口音的确是太原不假，可就听不出他吱吱呀呀念的是哪一部四书五经——因为没有几个念得对的字句。

倒是王福康的几个扈从（咱们就唤他们李四、王五、徐六罢），同张天宝交上了朋友。原因很简单，人家三缺一，而会馆里住的都是士子，要不就是伺候士子而寸步不能离的书童家丁，谁也没有工夫陪这几个人“打马吊”，能凑得上脚，也打得像样的，除了张天宝也没别人了。这些人问起出身来，张天宝就谎称自己也是来考试的，只不过盘缠快要用罄，就馆暂住、等候亲友前来接济——要是接济不上，恐怕连入闱应考的伙食都张罗不起。这样的应对之语，只有顶尖油滑的师爷才编得出来——试想：能成天价陪人打牌，要不是心绪不佳、无心读书，有哪个忧心功名的士子能做得到？再者，正因为“盘缠快要用罄”，打牌之资，恐怕还是得让李四、王五和徐六醵贷周转。三两日打下来，张天宝非但不窘迫了，囊中居然还有闲钱，又可以找间半掩门的土娼寮消消暑气。

到了八月初，忽然有个戴着顶宽沿儿笠帽的路客来访王福康，还把李四、王五、徐六等人都叫进房去密谈了半天，谈罢，路客扭头就走，形迹十分神秘。过后不久，李、王、徐忽然跑到张天宝的屋里来，李四劈头就问："阁下今番应考，是个贡生的资格？还是监生的资格？"张天宝答曰："是监生。"王五接着道："这些年伪冒讹托的不少，你是真监生？还是假监生？"张天宝立刻理直气壮地答道："有凭有照，怎么假得了？"徐六又应声道："看你镇日同我们打马吊，并不读书，怎么一个考法儿呢？——我看你这监生的凭照，终还是假的！"

张天宝有些沾带着心虚地不高兴起来，当下开启箱笼，拿出凭证给看了，那李四才道："是真凭照，真是读书人哪！"王五也跟着道："读书人能打那么一手好牌，可见一理通、理理通。"徐六最后接着说："有眼不识泰山，冒犯冒犯！张公子大人大量，恕罪恕罪！"可张天宝不是不心虚，他毕竟不能因为要证明自己是真监生，就得真入场考一回，于是一边将凭照收回箱笼里，一边补了几句："我亲戚再不前来接济，我这回怕还是不能进场的。"

此言一出，三个牌搭子忽而一齐道："张公子不必多虑！"李四道："就算不能进场，咱们也还可以到处纵览游观，解解幽闷哪！”王五道：“我辈相好，喝酒食肉、赏戏看花，岂能不与张公子共呢？”徐六随即道：“城西有寡妇一名，可以清心退火，咱们说去就去了不？”

张天宝可是满心欢喜，但是嘴上不能说出来。谁知李、王、徐三人似乎也乐得陪他寻欢访艳，可以说纵酒肆博，沉湎花丛，乐而忘返。直混到八月七日深夜，三人才对张天宝说：“我等天亮就要送公子入场了，得回馆舍去了。”张天宝道：“贵东人初次应试，恐怕有不熟悉的地方，我也陪着去走一遭，说不得还能指点一二小事。”

这是个关节。张天宝陪那王福康入闱，不过是八月八日一早的个把时辰，不意在试院与人摩肩擦踵之际，还遇上了几个常考试——也总考不取的旧识，打过招呼，人问：“又来考了？”他怎好说是来帮贵价公子提箱笼的呢？只好唯唯以对。不到半日完差，李、王、徐又铆足了劲儿陪张天宝继续流连在花街柳巷，这就不必细述了。

发榜那天夜里，由王福康在馆中做东，约为通宵之饮，以俟报捷者。捷报传来，王福康居然中了；更不可思议的是：张天宝居然也中了。

到底是怎么回事？这就说到放枪了。

话说这一天夜里，忽然间会馆里外识与不识的人多了起来，各色衣着光鲜耀眼的报录邀赏之人络绎不绝，潮涌而入，先抢进来一波儿高声贺：主人中了！主人中了！王福康当然大为高兴，但是没有人看出来：其实早在设宴欢饮之际，王福康脸上就流露出志在必得之色。外人倒是没有多想，总以为世家子弟好排场，夜夜笙歌，欢饮达旦，自然热闹高兴。

张天宝心忖：人家中了，自己的舒泰日子也快过完了，感伤不过徒然，还是伏案大嚼，擎杯剧饮来得痛快，直过天亮犹未已。到了午后，有一大群人喧哗而入，连看门的也挡不住，一路闯进杯盘狼藉的酒筵之上，才有人指着张天宝道："您不是新科的举人张天宝么？到处有人找您，您居然在这儿呢！"

张天宝睁着一对又浊又凸的大眼珠儿，说："你们说什么？我、我、我不明白啊！"这厢李、王、徐三人连忙撺掇了，对报录的说："新贵人醉了，别惹恼了他！要多少报录钱，都由我们这儿发付，人人都有、人人都有！莫要争执、莫要争执。"众人才出门，张天宝这厢趁着酒意又拍起桌子来，道："怪哉！怪哉！真怪哉也！怎么会有这般咄咄怪事？"

王福康这一下忽然急躁起来，抢忙驱散了剩余的客人，李、王、徐三人才闭户扃窗低声告诉他："你的确是中了！"

"可我根本没入场，是怎么中的呢？"

李四道："咱家主人花了几千两银子，订得某贡生入场，预备在场中代主人作几篇文章，这叫'枪替'，或者'枪代'——"

王五道："没料到这贡生日前来告：他的父亲得急病死了，这是丁外艰，按律士子根本不能考的——就算要进场做'枪'，当然也不能以本名、本籍入闱。"

徐六接着道："于是咱们仨就想起你阁下来，何不将你引入妓院，作销魂游？另外借取了你箱笼里的凭照，好让枪手顶阁下之名入场，如此才好助我家少主东完遂科名大愿。可那枪手学养兼优，心地也实在，见题落笔，不能自休，顺便连自己那一本文章也正儿八经作完——你，就是这么考上的。"

这样，算不算富贵逼人？

天日犹可偷换，还有什么数定之事不可改易呢？

捌·史茗楣·奇报品

袁枚，字子才，号简斋，平生以诗文结络各方俊杰，形成一个十分壮观的社交圈，在这个社交圈里，有个人叫史茗楣。这史先生本来是袁简斋的幕友，精通钱谷不说，还写得一手好字。由于诗酒唱和的聚会上总少不了他，不到十年之间，令誉满八闽，凡福州、兴化、建宁、延平、汀州、邵武、泉州、漳州等八地的地方民政、财政长官，无不礼敬尊重。

即令这史茗楣已经从袁简斋的幕中退下，各地州县主动送上酬金、前来殷殷问讯、请代箸筹的地方官长仍旧络绎于途。也由于他本人慷慨好施，经常济贫拔蹇，所帮助的人常常受其惠而成功立业，这种人脉上的经营就不是一时一地问候示好、拉手抱拳者所能比拟的了。史茗楣于是也成了闽中一个望重四方的人物，不亚于地方官吏。

等史茗楣老了之后，仍然是“座上客常满，樽中酒不空”的场面。每日大灶开饭，荤素齐备，菜肴精洁，连瓜果茶水一律陈设整齐，来吃白食的人只觉自身是客，绝非等闲不入流的游民，往往备受礼遇之后，一出门，反而感慨起自已居然欺罔了那样一位以国士待我的善人，惭愧之心忽生，居然不好意思再来叨扰了。

但是在史老先生而言，并不是没有遗憾。他半生为幕宾，一世做善人，直到不惑之年才娶了妻室，年过耳顺才为儿子结了亲家，又过了好几年，儿媳妇的肚皮始终没动静。史茗楣心里着急，就怕伸腿瞪眼之际，还看不到孙子出世。

有一日，门上来了个人物，年约四十，一身布袍草履，颇有几分仙风道骨的神采，来到门上就直说要求见“史老夫子”，司阍问其缘故，这人说：二十年前曾蒙一饭之恩，今天是来报恩的。那司阍的笑了，道：“您老莫说是来吃一顿饭就要报恩，就是来吃上一年的饭，也没有什么可以报的——东侧院儿往里直走，您老过了花厅闻见饭香，顺着味儿去得了。”

那长袍客摇头道：“不不不！尊价误会了，我是来替史老夫子完愿的，烦请通报一声，就说少奶奶有孕了，我来验看验看。”史家门上这些个送往迎来的仆役都是伶俐又温顺的人，一听这样出言无状，却不恼火，只道家主人尽日招待些奇人异士，这种人谈笑进退，似乎不讨人厌怪就危危然不足以显名立身。既然这般吐属，最好的应对方式就是视若无睹；原话如何，就此通报而已。

史茗楣听到这话，赶紧差人到儿子、儿媳房里问去，结果连他儿子都不知道老婆怀了孕，倒是那做儿媳的为之一惊——月信迟了些日子，其余并无异状，只自己觉得略有些意思，却还不敢声张，怎地却让个外人知道了这底细？

在咱们说书的今日，这般咄咄可怪之事一定会启人疑猜，说这儿媳妇不老实；可两三百年之前的当时，众人却觉得来者神通广大，应该是个有道术的人物。是以史茗楣亲迎到中堂，推请上座。来人迟迟不肯入座，只请搬张板凳来放在下首的一张椅子旁边，坐定之后，第一句话就是："快请少奶奶来，我给勘一勘脉象。若有可为者，也得快一些了，否则误了时辰，未必能够奏功呢！"

"敢问这位大夫：怕误了什么时辰哪？"史茗楣和声问道。

"史老夫子不是一直想抱孙子么？"长袍客笑道："今番少奶奶有孕，倘若能一举弄璋，固自可贺；倘若得的是千金，岂不又要巴望个一年有余？史老夫子年纪大了，虽说精神矍铄、体魄康强，是寿者之征，但是有愿未了，最是折生减命，史老夫子可明白小人这话的意思？"

"种草而字之曰宜男，乃由人说道；种胎能否得男，殆由天定夺。老朽一门上下就算能前知这孩儿是男是女，人力不可回天，又当如何呢？”

这长袍客道：“所以我说要快！史老夫子难道没听说过‘偷天换日’一语么？天日犹可偷换，还有什么数定之事不可改易呢？”

也是史茗楣望孙心切，当下叫出儿媳妇来就下手那椅子坐了，长袍客给搭上个腕枕，绕腕系了一圈红丝绳儿，他则拈起左手拇、食二指，牵着红丝绳儿的这一端，听任脉动抖擞，不过是几吐息的辰光，便摇了摇头，道：“脉主得女，这是天定。不过老夫子一生积善，应有回天之德，请容小人放肆，为史老夫子炼一药，可使这腹中胎儿，转女为男——这也是小人为报平生知己于万一，所可略尽绵薄者。”

史茗楣道：“请问大夫：这药，要怎么炼呢？”

长袍客叹了口气，一撩袍角，道：“老夫子快别叫我大夫了，小人虽说没什么能耐志气，可还不至于沦落到做个医生。不过小人飘东泊西，冲州撞府，有个诨号——老夫子就叫我‘袍子’罢！”

“贵客、贵客就是名满两广云贵的‘袍道士’？”史茗楣讶然离座，趋步向前，道：“听说‘袍道士’所过之处，地无旱涝，天无寒暑，能驱山魈水鬼木精石怪，都说这是活菩萨在世，怎么会来到这八闽之地呢？”

袍道士一笑，道："我便是闽中之人哪！当年还是个生员，想要从功名场中搏一出身，可是穷蹇困顿，几至于冻馁而死，幸亏得着老夫子垂怜，赏了小人一碗饭吃。之后，又在府上溷迹数日，才将养过来。

"一日逢着老夫子垂问，小人说要考功名，老夫子说：看你骨相单薄，在官场上还是要受人欺负，未必能挣出一头地；何不访求名师，学那辟谷导引之术，说不定还能有仙缘，成就了异术。小人听了老夫子的话，才出尊府就撞上个道士，居然正是栖霞山上碧下元真人，我随真人苦修二十载，临下山时，真人授我一门奇术，叫我到遇见真人的所在去偿一份恩情。

"我来到此地，仿佛认得旧宅门，也记得旧事，却想不起该如何偿恩情，转脸看门前，居然有桑树枝从天而降，枝上遍附蓬草，其势疾如箭矢，在尊府门坊上绕走三匝，之后长鸣一声，竟然当下向天地四方散去，空留一霎电光，其形状恍似雪花片儿的一般。

"这我就不由得想起来：当年我还念着儒书、想着举业的时候，偏偏读过几行文字，中有'国君生世子……射人以桑弧蓬矢六，射天地四方'的句子。这是生男子的征候。可我看那桑弧蓬矢之显像，若有似无，随即觑看方位、观算时刻，才知正是彼时，尊府少奶奶孕中原胎化形，落得个成女不成男。老夫子要抱孙子，就得再等一年了。

“不过小人临下山前所习之术，恰是以药移换元神，易女为男，但不知老夫子可愿一试吾术否？在老夫子，不试亦无妨，就多等一年；所可虑者，不过是明年少奶奶未必有身，即便有身，又未必是男丁罢了。”

史茗榍想了一想，道：“那就试一试罢！想当年我谈吐冒昧，任意指拨你袍道士的前途，其实又何尝顾虑了你日后学道路上的艰辛苦楚呢？你今日来偿恩情，我何尝不该把这当成是一份业报呢？就请袍道士一试身手罢！”

“只这药有个机关——因为阳茎不能凭空而生，需以一肢改造，得男亦必缺一肢，但不知老夫子以为如何？”

史茗榍闻听如此，却自言自语道：“断了一肢，就是残废，未能成就一全人，如何是好？难道不能断一只脚趾移花接木么？”

袍道士道：“不行的！这套法术，上可以移下，而下不可以移上。倘若真要移末肢细端以铸阳茎，也不是不可以，那么日后阳茎会小一些——这倒不是太要紧的，但凡有了，能凑附着用，其实大小不算什么。不过，小人倒是可以将左右手各借一只小指为用，庶几尺寸不会差得太多。”

再三筹度之下，终于订出这个计划。剩下的，在史茗楣后人的家传资料之中并无详细载录。可见如何炼药毕竟还是那袍道士的专业，不可随意泄漏。我们只能从有限的几个句子里看到：“遂设炉炼药，佩服兼行。及期，果产男孩，手仅八指，见客腼腆，宛若闺阁中人。及长，羞啬（涩）更甚。有欲验其指者，大啼而藏匿，为同仁所噱。”

这位国师，
脑袋没有完全坏掉。

玖·荆道士·憨福品

湖南有个秀才姓荆，叫荆茅，字贡苞，书读得没什么出息，教几个蒙童为业；人称老师，自己也觉得惭愧。久而久之，更不大敢说话，非要开口不可，必定引经据典，以示不出于一己之见。人给个外号，叫他“古人”。

那是嘉靖年间，川楚大旱，赤地千里。本县父母想尽办法找水打井、祈天降霖，而涓滴不获。不得已张贴了告示，广招能祈雨者，自凡是谁能求下雨来，都有百两银子的封赏。一向官有求于民事者，皆无此例，这一下邻里喧腾，老少哗然。荆茅听说这事，回到家中同老婆谈起，自叹没有本事，道：“这也是个名利两全之道——可惜呀可惜！我呢，是‘出门如见大宾’；县父母呢，是‘使民如承大祭’（《论语·颜渊第十二》），有一百两银子，却没那要的本事，唉！‘归与！归与！吾党小子狂简，斐然成章，不知所以裁之！’（《论语·公冶长第五》）我还是给蒙童们改文章去罢！”

荆茅的老婆一听这话便道：“这有什么难的？你快上衙门里去，就说三天之内必能致雨。让县父母赶紧起坛台，好让你做法事。你就扮起了道行，端坐祭坛之上，口诵圣经，直等着老天爷下雨罢。”荆茅忙道：“‘盖有不知而作之者，我无是也！’（《论语·述而第七》）况且天道难知，‘吾谁欺？欺天乎？’（《论语·子罕第九》）”

荆茅的老婆立刻道：“你就只管去，别说那么多。到时候真下了雨，百两银子手到擒来；雨下不来，顶多饶人一场讪笑，何罪之有？”说时作势拎着条刚从晾竿儿上取下来的干咸鱼要打，吓得荆茅夺门而出，一路嘴里停不下来地念叨：“‘内无怨女，外无旷夫’（《孟子·梁惠王下》），才是齐家治国之道呀！既然如此，我还是跑一趟好了。”

荆茅这“古人”的名号一向响亮，县父母也耳闻已久，知道他是个老实人，当不致作耍、骗取公家的赏银。于是听其所欲而为，立刻筑土架木，搭了个坛坫。工事做了两天，到第三天一大早，荆茅才登坛之乎者也地一吆喝，大雨滂沱而下，一整县城非但足敷所需，县属田地也得以均沾膏润。这一功，立得可不小。县太爷可不食言，雨还没停，就赏了一百两纹银，还许诺：待雨停之后雇请吹鼓班子高抬大打地送返居处。

雨停之后，县太爷私下跟荆茅打商量：“下着这一阵儿雨呢，我才想起来：一百两银子搁在家里不安稳。如今谁都知晓是你祈的雨、是你得的银，万一有宵小强徒前来逞凶打劫，你非但未蒙其利，倒还先受其害了。你说是罢？”

荆茅一想：县父母说的是有道理。连忙道：“‘君子病无能焉，不病人之不己知也。’（《论语·卫灵公第十五》）小民手无缚鸡之力，看是保全不了这百两银子的家产了！”

县太爷倒是体己，忙道：“我却有个主意：不如将这百两银暂寄我处，日后有用度，自来衙中请领便是。”

荆茅立刻高高兴兴地接了腔：“‘赐之墙也及肩，窥见家室之好；夫子之墙数仞，不得其门而入，不见宗庙之美，百官之富。得其门者或寡矣！’（《论语·子张第十九》）”

空手回到家，荆茅的老婆一丝不觉意外，却说：“就没打着让你真捧回银子来——时候还没到呢。”

过了几天，县太爷却亲自到荆茅家来了，非但捧了先前差一点儿叫他吞没的一百两银子，还另外补送了成匹成匹的绫罗绸缎，言词甚恭，为的还是祈雨。原来这一度大旱，一省里都没辙了，巡抚听说了本县得雨的缘故，特地派人来邀约荆茅上省城去祷祭一番。荆茅一听这话，连脊椎骨都化了，一个坐不住，从椅子上跌下来，指着空空的椅子哭丧着脸说：“‘不在其位，不谋其政。’（《论语·泰伯第八》）我、我、我——”

话还没说出口，他老婆已经跪地顶礼，算是领了命，嘴里还不住地说：“谢大人成全！谢大人成全！”

县父母一出门，荆茅便拉过他老婆来要打，教他老婆给瞪缩了手，不觉悻悻怏怏地道：“《诗》云：‘雨我公田，遂及我私。’惟助为有公田。（《孟子·滕文公上》）这可是多么大的事啊？小子何德何能？居然能上省城去卖弄？我可拿什么去卖弄啊？”

“你自己没有本事，怨我则甚？”荆茅的老婆也呛声答道：“我也没什么奇能异术——”说着，伸手指了指竿儿上那条咸鱼干，道：“厨下这条咸鱼挂了三年，但凡遇上要下雨，前两三天这鱼就渗水，从来都是如此的。前回贴告示那天，我看鱼干渗了水，才让你去的。今回你只消带着这鱼干上省城去，挂在卧榻之处。见了大府，就跟他叨念那一套你成天在家叨念的什么阴阳五行、春秋礼乐；总之，是一点儿一点儿捣饬着起造坛台、备用法器。回房看鱼干不渗水，就挑剔挑剔陈设器用不全，此旬改一回、下旬改一回，迁延时日而已。等哪天鱼干出了水，你便赶紧登坛诵经。到得头来，老天爷没有不下雨的——这，不是无往而不利么？”

别的法子没有，只能硬着头皮这么干了。不料一到省垣，才安顿好下处，把鱼朝床顶上一挂，居然洒下两滴水来。荆茅定睛一看，咸鱼干可不是出水了么？于是急忙谒见巡抚，说旱象不解是桩大事，不必在接待礼仪上做文章了，索性立刻施工，着即作法，无论如何先让雨下下来再说。巡抚当然乐意，当下请来匠作，连夜兴筑坛台。这一回没什么好挑剔的了，早起作法，到傍晚时分就大雨如注了。荆茅又得了重酬而回，这就不必细论了。

妙的是故事说不完。巡抚是当朝权相严嵩的门下，也是同一流机巧万端、善于夤缘附势以取功利之徒。这巡抚知道嘉靖皇帝好道术，便密遣使者向严嵩道明究竟，让严嵩具笺传令，把荆茅招进京师，献给天子。如此一来，生意做得更大了——荆茅想了想，自言自语道："日月逝矣，岁不我与！诺，吾将仕矣！"（《论语·阳货第十七》）不过这一回出门，于公于私，都不得不把老婆也带在身边儿了。

嘉靖皇帝果然在不久之后便召见了荆茅，开口无它事，直问："你的道术，究竟是个什么来历？"荆茅当然知道自己没有道术，可对于说道谈理，却颇有把握，于是不假思索，把个皇帝当作了村塾里的蒙童，摇起头、吟起经书来："'天命之谓性，率性之谓道，修道之谓教。'（《中庸·第一章》）所以人说：‘知’了什么，要说‘知道、知道’，可见知在道中。一旦至诚无私，便谓之明。是以‘自诚明，谓之性；自明诚，谓之教。诚则明矣，明则诚矣’。（《中庸·第二十一章》）所以人说：‘知道’了什么，要说‘明白、明白’，可见诚即是明、明即是诚。草民凡事至诚，‘至诚之道，可以前知。’‘善，必先知之，不善，必先知之。故至诚如神。’（《中庸·第二十四章》）说的就是这个道理。”

嘉靖君一听这话，回头跟严嵩说：“怎么来了个老儒呀？”严嵩也觉着尴尬，正想着该如何申辩，以致如何从这老儒生的陈腐八股里脱身，不料皇帝又道：“此人与寻常道士语言全然不同，绝非泛泛方士，不可以怠慢失礼。”

当天退朝，荆茅就封了金马门待诏，又因为祈雨灵验，迁钦天监卿，这就经常能接近皇帝了。都下人知道他能称上意，颇负眷宠，无不争着巴结交往，这里头的油水不一而足，时时涌至，过不了几个月，荆茅连自己究竟有多少身家都算不清了。忽然有一天，大内哄传遗失了一枚传国玉玺，此玺一共九枚，分别有不同的大小和用处，皇上追求甚急，正准备传荆茅入宫推求原委呢，然而时已近暮，左右有劝说翌日再理的，皇上看天色实在晚了，只好听劝。

这一天到了下半夜，门上忽然来了访客，开门一看，是个贴身侍候皇上的小太监，捧着黄金绫罗来见荆茅，请求他于推求玉玺之际网开一面——原来这小太监一时贪爱玉玺精巧，居然私自窃回下处玩赏，久之，却没有机会归还。待皇上想起来要用这一颗玉玺了，却找不着了。

荆茅听小太监详述经过，便道："'非其道，则一箪食不可受于人；如其道，则舜受尧之天下。'（《孟子·滕文公下》）你今夜送礼来，而今夜你还是个贼，我若是收了你的馈赠，不也成了贼么？你今夜回宫去，且将玉玺埋在藏宝之地东墙角积灰深处，我明日自有说。"小太监坚持要将馈赠之物留下，荆茅的脑子还是迂，转不过来，道："不不不！到明日之后，你就不是个贼了；你既不曾做贼，如何要送我金子和绫罗呢？'非其义也，非其道也，禄之以天下，弗顾也。'（《孟子·万章上》）"

到了第二天一大早，皇上果然召见，问起如何寻回失窃的玉玺。荆茅遂奏道："'周谚有之：匹夫无罪，怀璧其罪。'（《左传·桓公十年》）乃知原是匹夫偷去玉玺也。而宫中并无匹夫，则无人怀璧矣。既无人怀璧，又何罪之有乎？且夫玉玺者，唯圣上一人而已，怀之者无所施，焉用盗？子曰：'邦无道，则可卷而怀之。'（《论语·卫灵公第十五》）是有卷而怀之者，乃为无道之邦；而有道之邦，则无卷而怀之者。陛下以今日之天下为有道耶？为无道耶？”

嘉靖皇帝一愣，道：“我岂无道之君乎？”

“然也。”荆茅接着摇头晃脑地说：“君非无道，则天下治矣；天下治，则岂有卷而怀之者耶？玉玺实未曾失窃，乃是小臣误失于尘土之中，但往东壁之下积尘盈寸之处寻之即得也。”

皇上派人去寻，果然找着了，少不得又下诏，给了绝大赏赐；虽然官不加秩，另封“国师”之号。这，就叫人过意不去了。这过意不去的人姓海名瑞，字刚峰，琼山人氏。此人一向耿介忠直，能抗言极谏，官户部主事。当初严嵩援引荆茅入京，海瑞便以异类视之。见他祈雨灵验，抒解了农桑之困，也算功在苍生，一时便放松了对他的查察。

不料此日金殿之上一来一往的对话，却让海瑞大启疑窦：一个为学不纯的方士，自凡道术灵光，毕竟还有实用；可一个开口闭口曲解经籍古典的小臣，就不得不令大臣觉得既可鄙，又担心了。试想：荆茅这看似还十分灵光的算计万一哪一天用在正派大臣的身上，且以圣眷正隆，宠信有加，斯人若欲树朋党、兴大狱，再同严嵩党羽猬集蚕丛，成为一大势力，显见绝非朝堂之福。此念一定，海瑞立刻上奏，参了这荆茅一本。其中有这么几句："此人本无学术，肆其狂妄，曲解圣教，其妖言惑众，蛊媚圣聪者，实属祸端，罪不容诛……"

皇上看到这里，忍不住说了话："方士之中，惟此人术业灵验，且言谈近儒，专以诚明立说。卿家不也是读书人么？怎么倒容不下一个学贯儒说的道士呢？"

嘉靖这番话并非泛泛之言，他见惯了朝堂之上藉由各种冠冕堂皇之论来倾轧异己的说辞，直觉海瑞就是看不得旁人亲近圣躬，索性也用这诛心之论驳斥回去。海瑞可是早有腹案备稿，立时应声奏道："诚明之说，正小臣之所以行其诈也。乞请皇上藏物于匣中，当臣之面召问之，果尔能说出匣中之物为何，直指明确，臣方敢以'至诚前知'许之。否则，请置奸邪于欺君之罪论处。"

皇上其实是相信荆茅能够应付的，随即命太监取来宝匣，中藏一物，召荆茅上殿，问匣中之物究竟。荆茅哪里能知道呢？惶恐匍匐，战栗觳觫，叹道："荆茅死矣！"

由于四品之官达奏，距离御座较远，皇上听得不真切，问道："他说什么？"偏在此际，那个当初偷去玉玺的太监当下回奏道："国师说的是'金猫'。"

皇上闻言大乐，开了宝匣，取出一个玩意儿来，朝海瑞扔了过去，海瑞低眼一看，也傻了——此物以纯金打造，铸成卧猫之形，是皇帝用的纸镇。这一下没话说，海瑞叩首谢罪而退。一代清官，栽了个糊涂跟头。

荆茅回到居处，把这惊险万状的经过也跟妻子说了，这妻子微微一笑，道："你不过是个酸儒穷生，一旦位至四品，积赀巨万，还求什么出息？若再不知足，咸鱼干身上果能自出水乎？不趁早称病退隐，回家过平淡日子去，非等到大祸临身而不悟吗？"

荆茅一听这话，长揖及地，连声道："是是是！'夫人不言，言必有中！夫人不言，言必有中！'（《论语·先进第十一》）"隔天，荆茅就称病致仕，带着无数家产回乡了。这位国师，脑袋没有完全坏掉。

众人但见有白烟一缕，自井口飞出。

拾·韩铁棍·勇力品

此人名唤韩舍龙，山西汾阳人。生来家境就贫穷破落，没几年，父母于行乞之时瘐毙街头，他只能在县城外的一间破庙里容身。有知道他出身的邻舍人家，颇为同情他的际遇，经常赒济他，居然也有一顿儿、没一顿儿地拉拔他长大了。看着还是出息不大，就替人干短工，使唤上气力，拿人点儿粮食，自己在寺中种着菜，油水全无，看情状还免不了哪天要饿死。

一日，寺门外倒卧着一名道士，韩舍龙问他缘故，连说话的精神都没有了，遂拖扛入寺，将自己打短工挣来的杂粮匀分一半给道士，园子里种的菜也尽量地供给，仿佛宁愿自己饿死也得把这道士救活的意思。寺僧问其缘故，他说：“我小时曾发一愿，不要再看人饿死，是以宁舍吾身，非救活他不可。”如此救人，有个难能可贵之处，那就是不会流露“德色”——“德色”就是自觉有恩于人，形于颜色，让受惠者感受到莫大的人情压力。关于这一点，那道士当然是感受得出来的。

三个月过去，道士身子养好了，要出发上路，忽然背着人对韩舍龙道："这一阵，连累小兄弟你了！我今天要走，没什么好报答你的，倒是平生畜养之一物，可以相赠——吃了这玩意儿可以勇健多力，将来靠这身气力，说不定还能发财。不过，切记一事：有了钱，万万不可纳官，纳官只会耗钱——果真因纳而得官，就要缺德了——此物你尽管拿去，七十二年之后，仍归贫道所有。"

说罢，嘴里登时吐出一只小羊，跟个拳头一般大小，放在手心里仔细看看，原来是米粉麦粉之类，和水捏塑而成，颇似坊巷间捏面人的小手艺活儿。道士随即将这小羊放在韩舍龙口中，韩舍龙正不知该咬嚼还是不该咬嚼，不咬不嚼又该如何吞咽？那小羊却像是知道自己的去处似的，自喉头直趋而下。道士随即手起一掌，打上了韩舍龙的后脑勺，韩舍龙晕眩扑倒，醒过来的时候，道士已经没了踪迹。打从这一刻起，不论韩舍龙举拿什么锄耰犁铲之类的农具，都觉得像是草芥一般轻盈。

这可不一样了——韩舍龙第二天一大早就去求见平日常给佣工杂作的主家，说愿意居家长作，别无所求，但请饮食尽供一饱。那主家知道他是个老实人，但是一时还算计不出：能怎么个雇法儿才划得来？这韩舍龙像是看出对方的心思，便脱了上衣，卷作一包儿，向主人拱手一揖，道："实则不必为难，我能做的事很多，不一定只有田里的活儿。您比方说罢：这房柱要是坏了，我也可以给抽换抽换。”说时扎开个不丁不八、非弓非马的步子，反手绕过身边那根一人还不及合围而抱的大柱，看似不过轻轻向上一抬，居然将整根柱子连石础拔离地面半尺有余，韩舍龙顺手便将那件上衣扔进石础底下，再轻轻将柱子放开，那主人但听得那柱身落地之时，发出了十分短促、低沉如雷鸣般的倾轧之声。遇上这种孟贲、夏育一般的勇力之士，你雇是不雇？

当下主人遂与之议定：韩舍龙就在这人家干上长工了，但是有两个条件：每日食用必满三斗米，以及买铁另铸一批较为沉重耐操的新作具。果然所耕之田、所收之谷，十倍于人。韩舍龙气力是比人大，但是一点儿也不逞力躲懒，反而勤快好动，仿佛不如此就对不起那每天三斗米的供养似的。

一日，主人令载煤五千斤自外地归，前有八头健骡拉挽，平地里走得还十分顺畅。不料近家处有条长坡，车过坡顶，要下行了，骡子们钉不住，眼见车身过重，把牲口的脚步都冲乱了，这韩舍龙猛可伸出一手，且将车身稳住，让五千斤煤的承载徐徐松缓，不使颠蹶。

这主人有个大生意，是做大宗布匹批发，闻知其事，还想试试他有没有扈运货物的能耐，遂命韩舍龙随镖局押运布匹至京师。这一趟路千把里地，当然有风险。好在有正港的镖师随行，就算遇上了宵小，也不至于砸了差使。不料一行镖才入直隶界，消息就传回来，说是遇上打劫的了。半天之后，第二拨音信传来，说是六七个镖师教一群盗匪团团围住，眼看是寡不敌众，支撑不住了。到了后半夜，又有消息传来，说是镖师死了两人，但是镖保住了。问：怎么保住的？说消息的则不甚清楚。直到个把月之后，韩舍龙回到汾阳报册交差，听他自己说才兜拢了：当是时，遇上一伙二三十个强人，一哄围上来，登时杀了两名镖师，嗣后是韩舍龙打路边拔了株枣树，以枝干代矛槊，横扫竖劈，把所有来犯的强徒全都打倒在树下，一一交付地方官吏鞫审了。

主人闻言大喜，道："韩舍龙真乃寒舍一条龙也！"于是教他此后不必力田，专事保全业务。韩舍龙其实未习武术，也不通技击，但是天生神力，举世无匹，非吃这行饭不可。既然当了这差，就得像样——起码不能到处拔路边的枣树当兵刃罢？于是铸精铁为棍，长一丈有二尺，重八百斤。

为什么是棍呢？一般兵刃，越是奇形怪状的，越是有独到的使用方法；用不上那地道的功法，反而容易伤了自己。棍则不同，有所谓："唯棍无法，以变万千相，终是无法。"——这是使棍的奥义，韩舍龙最懂，因为他专仗蛮力横击，已无有能御之者。江湖人称“韩铁棍”。

又有一趟入京之行，才刚投宿逆旅，来了个人，自称是“山东白二”。韩舍龙与之素不相识，问他的来意，劈头应道：“俺听说你善使一条铁棍，何不将棍儿拿出来看看给俺看一眼。”“棍自在车后挂着，请自便罢！”

白二单手取下了那棍，对韩舍龙叹道：“你用这条棍儿，也不知伤了多少好汉。——这样罢，就拿这棍儿打我呗！能伤得了我，白二自然服了你的神勇！”

韩舍龙道：“我与白兄远日无冤、近日无仇，不可以如此兵戎相戏！倘或真要见高低，不如这样罢——”说着，右手向前伸了，仰掌朝天，屈起一根食指，继续说道：“白兄若是能将此指拱直，我即敛迹归田，不复驱驰于道路之间了！”白二也平伸一臂，屈弯一指，与韩舍龙相扣如双环。韩舍龙等白二的指头才扣紧，趁势一提，将对方全身提离了地面，顺手一摔，竟跌落在五七丈以外之地。

白二起身一拱手：“俺是山东大盗白剑虹，本称一生无敌，今日竟败于尔手下！从此在尊驾面前，决计不敢造次了！”此后韩舍龙再经过山东、北直隶一路，如入无人之境。

韩舍龙有个习惯：一行镖押底儿最后一车的厢后壁上，

总要铸一块钢托子，中有扣榫，那杆铁棍就高高挺挺地竖着，像支空旗竿儿。如此往返京、晋之间二十年，每走一趟，韩舍龙都可以向那主人拆分货价成数为酬，久而久之，家道也小康了。这还不算，那主人知道“韩铁棍”名声在外，就算放韩舍龙告老回家，仍旧将那支铁棍插挂在车后又二十年——这是一个不知道该何以名之的“知识产权”范例——那主人每走一趟镖，仍旧发付韩舍龙的铁棍儿一趟走镖钱。

韩舍龙很记得当年那道士的训诲：有了钱，不捐官，买下许多田产。其间还成了亲，生了两个儿子、九个孙儿孙女，以及无数内外曾孙，年逾九十，仍然体魄康健，神力丝毫不减少壮。

有这么一天，韩舍龙在场上看麦，就旁人所及见者，是忽然有那么一只羊打麦场上奔出，远看并不像山西当地所产的胡羊；近看么，只觉它浑身沾着谷粉似的末末屑屑，却也看不出是什么来历。大伙儿争逐之下，那羊纵身一跃，跳进了一口枯井。众人也想欺身下井去逮那羊，未料韩舍龙却后发先至，一个筋斗翻落井底，喊道：“已经被我逮住了！我把它扔上来！”说时迟、那时快，一掷之力居然将韩舍龙也牵引出井，所谓“身随羊上”了。众人但见有白烟一缕，自井口飞出——而羊，就让那白烟裹托着，直冲霄汉，最后竟与天际的白云融而为一了。

韩舍龙这时瘫坐在井边地上，浑身上下虽然无碍，可先前那一身勇健的气力却是一点儿没有了，再也没有了。

只闻庭前枯叶飒飒，落如雨下，良久始定。

拾壹·靴子李·义盗品

宝中堂，宝兴，道光十八年初任四川总督，七月他迁，十一月再任，一直干到道光二十六年底，回京陛见。到了京里，检点宦囊所得，积赀巨万。

一夕，在官邸内室之中与宠姬凤兮对酌，忽然看见绣帘大动，有如被狂风吹起的一般，接着便看见一名豪客手持白刃挑帘而入，屈下一膝对中堂说："中堂还安稳么？"宝兴大惊，忙问："你是什么人？"那豪客道："小人由成都一路护送中堂到此，今晚四下无人，特来向中堂请安的。中堂如果不信，可以回头想想：您由成都启程，当天黄昏时分过穿云铺，夜里就在栀子集易氏乡绅家安歇一宿，夜间颠倒不能成眠，还抓着凤兮的臂膀当枕头睡，又嫌她的发簪子'硌得慌'，让凤兮脱去簪子，放在枕箱旁边儿。次日一早，那簪子却找不着了，无奈行色匆匆，也没工夫寻它了，可有这事？"宝兴想想，确有此事。还未及开口应答，那豪客接着道："东西，小的给您收着了——"说时自袖中摸出那物事，往酒案上一扔，打着了酒盏，铿然作声，人却接着说道："这是为了取信于中堂，所以才暂借几日的。"

宝兴早已吓得把半夜喝的酒都作一身冷汗发了，只好唯唯诺诺地问道："壮士要、要、要什么呢？"豪客道："想跟中堂大人讨点儿回四川的盘缠。"宝兴知道这是不免要破费的，索性直截了当地问道："需要多少呢？"

"十万、八万不见其多，三千、五千不敢嫌少。"豪客道："小人讨赏，岂敢奢望呢？您出得了手，小人便拿得下手。"

"那么，"宝兴道："给你五千两银子如何？"

豪客二话不说，再一屈膝，道："谢中堂赏！"

宝兴这时忽一皱眉，道："可是我初回京，如今宅中还没有这么大笔的银子，该怎么办呢？"豪客笑了，道："这也不难，眼下这房里不是有一层夹室么？夹室之中不是有口杨木箱子么？那箱子上不是还贴着内府检点库银的封条么？里头不是放着一箱子黄澄澄的马蹄金么？中堂何不就拿它个三百两来犒赏小的，大约合于五千两白银之数，也就打发小的上路了罢！"

宝兴万般无奈，只好取出钥匙，进了密室，开了封箱，如数点了，放置在酒案之上。只见那豪客就腰间解出一条黄巾，抖擞成包袱，三下五除二捆扎停当，连手中之刀一并裹了，缚在背上，复拱手致谢道："小人祝中堂添福添寿了！”说时一转身，忽又瞥见案头有白玉鼻烟壶一具，莹然夺目，遂道：“这壶甚好，但不知烟味如何？”

宝兴这会儿不大高兴了，哼声道：“难道你也识得此中雅趣吗？”

豪客道：“中堂好说，小人不肖，可还偏偏就有这么点儿嗜好。”说着时，竟然抓起那鼻烟壶猛可一倒，狠狠吸了一鼻子，点着头说：“是不坏，可微微还透着些冷冽的香气，不算醇。中堂这一壶烟，小人暂借三日，待璧还之时，小的给您换一壶，那可是小的珍藏多年的极品，中堂尝一尝，算是小的给中堂祝福添寿的那么一点儿意思得了！”

“你要拿便拿去，还托辞借什么呢？”宝兴更不高兴了。

豪客却大笑不止，道：“钱是要的，壶是借的，借的非还不可，不敢欺骗中堂您老。”一面说，一面掀帘要走。

宝兴却又喊了声：“欸！来来来！有件事儿我忘了问你——”

豪客闻言，猛回头道：“想来中堂是要问小人的姓名罢？小人姓李，打小儿就没有名字，平时因为好穿短靴，小人朋辈都叫小人‘靴子李’。中堂明儿一早要是报步军统领、五城提督一体严拿之时，切不要忘了小人的称呼——

‘靴子李’！”言罢耸身过檐，像只大黑鸟一般地就冲飞而去，倏忽不见踪影。只闻庭前枯叶飒飒，落如雨下，良久始定。

天明时分，宝兴立马遣人报拿，并且亲自详细说明了夜来所见之人结束若何、年貌若何、音声若何，诸般细节，命捕役牢记在心。同时，宝兴还向官吏施压：三日之内，务必将人犯执来，当有厚赏；否则不免移罪其缉捕不力，还是有重刑伺候的。

当此之际，自然是侦骑四出，兵役骚动，一天一夜之间，全北京城内外都动员了，却毫无所获。直到第二天近午，有个巡捕役丁，在正阳门外一爿“南髯子酒铺”里见着一名酒客，年约四十，面瘦而额颡宽广，眼角斜里往下掉，短衣窄袖，足蹬浅[illegible]皂靴。此人当炉独酌，顷刻间豪饮数斗有余，还不停地唤店伙添酒。这役丁想拿下他立功，又怕本事不济，遂驰告同僚，共同围捕。其中有个叫徐六驹的坊官，是个聪明人，一听这话，连忙阻止，道：“此非常人，不可以力取。我一个人先去同他谈谈，动之以情，或许还能成事。你们悄悄把四下里围上，万一有什么动静，再出手也不算晚。”

众人依计而行，四周布置下了。徐六驹单枪匹马进得

“南髯子酒铺”。一入门便长揖及地，向那酒客道：“李大哥，久不见了！此番从何处来？”

那人抬眼一看，笑了，拍拍徐六驹的背，道：“你来了很好，我等你好一会子了，坐下来说话。”说时将上位让给徐六驹，一面提起酒壶笑道：“这哪儿是你要问我‘打从何处来’啊？分明是我该问你‘要将我到何处去’罢？”

徐六驹低头欠身，道：“不敢！中堂之命，大哥谅必早已闻知了。如能蒙大哥见怜，则感激不尽；不然的话，我只有追随大哥的马蹄尘，相率亡命天涯了！”

靴子李闻言大乐，道：“我要是想连累诸君，早就离开京师了，何必还在这儿苦苦等候你大驾光临呢？来，咱们满饮一杯！”

饮罢了杯中酒，两人把臂出门，徒步入城，径赴刑部而去。

将上堂时，靴子李还向左右环伺的差役说：“这儿是法堂哪！该给我加一副刑具不？”左右人等这才回过神来，将一干手铐脚镣给靴子李戴上。

这是指标性案件，非速审速结不可。不多一会儿工夫，承审司员升座，厉声问道：“你就是靴子李吗？”

靴子李答称：“正是。”

“前夜劫走了宝中堂五千两白银的，也就是你吗？”

靴子李应声道：“三百两黄金，约足五千两白银之数，是不错的。可金子是中堂赏赐的盘缠——小人怎么敢劫中堂的财物呢？”

承审司员立刻问道：“那么玉壶也是中堂的赏赐喽？”

“不！这是小人求借来赏玩赏玩，今夜就要送还的——它既非赏赐，也不是打劫而得的。”

司员怒道：“你小子实在狡诈，待本官请命于中堂，再来严办你！”说完就下令把靴子李收押了。

众差役刚把靴子李拽下大堂台阶，只听靴子李道：“容我歇会子。”一面说，一面弯身就靴筒子里取出一支斑竹烟管来，一边儿吸着烟，一边儿四下打量着，说：“此处牢狱颓败得不像样子了！想来历年修缮营造的费用，给堂上各司官克扣了不少，看样子都是挪作修筑私宅去了！我今天捐你们二百两银子，烦请诸君稍事修葺，起码得把破墙破壁的补上一补，也免得又有逃狱的。”

话才说罢，顿足一声大叫，但见他通身上下铁索寸断，铐镣等一班刑械便如同蝉蜕的空壳儿，全都委弃于地，人却“嗖”的一声窜上屋瓦，三转两转已然不见了踪迹。

这天晚上，宝兴不得好睡了。他知道靴子李是非来不可的，他也是非应付不可的。只得在室中环燃巨烛，燎照如白昼，令仆从持兵器绕室三匝。直等过了大半夜，外间却一点儿动静都没有。正庆幸着靴子李不来了，连鸡都已经叫了，宝兴还没来得及上床，蓦然间打从屋顶落下来一团黑影。此际仆从差役皆在，可一个个儿吓得面色如土，手脚软弱，动弹不得。

靴子李直趋宝兴，将玉壶放置在案上，从从容容地说：

“小人之前跟中堂约了今日要来还这件东西，何必还大费白天里那一番周折呢？中堂请试试这壶烟，就算不合口味，我也算信守了承诺。小人日来即将有远行，更有一番话要对中堂说，算是临别赠言罢！

“中堂也知道：当时您总镇蜀中的时候，吏治不修，纲纪隳坏，大小衙门就如同商店的一般，什么都是生意。搞得地方上父老衔之刺骨。如此，没有天灾，必有人祸；没有人祸，也必有天灾。

“小人前番来，奉假五千两银，原来是准备着为中堂做些善事，不外就是替中堂积恩市义罢了；要是能稍稍赈济些穷困匮乏的百姓，也为大人赎一赎先前造的罪孽。谁知大人你见利忘死，不过区区之数，竟然也难割爱。人之庸愦顽愚，简直莫过于此了！小人想中堂既然上不畏国法、下不恤人言，所幸还有老天爷借我靴子李之手，得以在旦夕之间取你这条性命，让你知所忌惮，还不至于太猖狂作乱。中堂日后如果能稍知悛悔，勉强做点儿善事，说不定还保得住脖子上这一颗脑袋；不然，李某可是随时要来问候您老人家的。”

话说完，靴子李朝宝兴作了一揖，人就不见了。

那么，
就小人罢！

拾贰·范明儒·练达品

一到大冬天，人的关限就给冻出来了。什么叫关限呢？简直的说就是怎么混也混不过去的难处。比方说没钱，天儿冷特别觉着没钱难过；再比方说没亲戚朋友，天儿冷特别觉着孤单寂寞。天儿冷的季节比较长的地方还出疯人，街坊邻居生起口角事端的，夏天里来得急、去得快，到冬天里结下了梁子，就很难相互原谅。

这儿有个真人实事，要不是大冬天，还不至于闹出来。说的是一个叫郭洪的财主，家里依着个中表亲戚，叫李三儿，寄食寄宿，也不求什么出息。这李三儿游手好闲之余，外边欠了一屁股的债，郭洪给还了，李三儿总有法子再欠一笔，数目尽管不大，就居停主来说，毕竟有无底洞的恐慌，可谓不胜其扰了。

这年一入冬，李三儿又扯着郭洪借钱还债，一开口要十万钱，合百把两银子，郭洪一甩袖子，说了声：“胡闹！”扭头就走。一边儿伺候的下人早就看这李三儿不顺眼了，登时给轰出大门去。李三儿一上来还哀求；哀求不成，便转成叫骂；叫骂复不应，变成了哀嚎。如此闹了大半日，忽然没了动静。郭洪心念电闪，觉出不对劲来，立刻着人出门看看——可了不得，李三儿解下裤腰带，把自己给吊在边门的横梁上了。郭洪不敢动那尸体，又不知如何是好，想起衙门里认识一位刑房书办，赶忙差人去请，看有什么法子可以掩饰脱罪。

这书办姓范，叫范明儒，据说极有学问，可是科场不遂，也是有原因的。此人恃才傲物，在府学里读书的时候就经常得罪教授和学官。有一回省里派下来一位学使大人，出了个题考较诸生："所过者化，所存者神。"这是"四书"里的句子，见《孟子·尽心上》："孟子曰:'霸者之民，驩虞如也；王者之民，皞皞如也。杀之而不怨，利之而不庸；民日迁善而不知为之者。夫君子所过者化，所存者神；上下与天地同流，岂曰小补之哉！'"

这题目的原意是说：霸主的人民，好像活得挺高兴；而圣王的人民则不同，后者像是过得很自得——这样的人民，杀他也不怨恨，给他好处也不歌功颂德，老百姓自求上进，甚至不知道是谁教化他的。圣人所经过的地方，人民都受到感化，内心所保有的信仰或理想，神妙难以言喻。如此，这圣王的德业就可以和天地同运而行，哪里像霸主那样施一点儿小恩惠补贴补贴老百姓就算了呢？

古来学官出题难学生是本分，所出的题会呈报上去、传扬出去，马屁学问就在于此。说什么不歌功颂德，出这种考题，当然就少不了歌功颂德的劲头儿。这学官原先穷，当过几年和尚，后来受知于寺僧的慧眼，知其应可在功名场上闯闯前程，遂安之在寺，却不使诵经礼佛，反而栽培他读儒书，学制艺。后来果真三年一捷，四年连捷，日后这小寺庙当然也得了不少照应。可学官最怕人提到他出家的过往，甚至逢上什么应酬场合，要是有人当众提及寺僧、山僧之类的话，他都会老半天不高兴，仿佛人穷志短的家底儿都露了。

范明儒一见这“所过者化，所存者神”，就大笑了一阵，提起笔来，一挥而就，可他不是好好答题作文，写的却是四句诗：“一钵万里任此身，历尽千山遍地尘。腹笥虽宽犹馁匮，游方和尚庙无人。”就诗意来说，“游方和尚庙无人”不正是“所过者化（经过庙门之外的是个化缘的托钵僧），所存者神（蹲在庙里的只有神佛的塑像）”么？

这还了得？学官一见发了火，非但痛施榎楚，还找题目褫夺了他的秀才身份，于是这范明儒终究不能在功名场上一搏才力，所谓沦落下陈，干书吏、卖刀笔。这固然也是他耍机锋、斗潇洒，应得的报应，倒也合了脾性。干书办，有干才，赚的银子不比县太爷少。

话说回头，这一天郭洪碰上李三儿悬梁的事儿，托人来请。衙中寻不着、家中找不到，过了大半天才在一个师爷家访得，正打着麻将呢。非但斗牌方酣，范明儒还输了一屁股，不肯下桌，郭洪的下人连忙捧上现银，无论如何请走一趟。范明儒收下银子，仍不肯起身，只叫来人近前，耳语问明原委，复低声就着来人的耳朵嘱咐道："你回去把尸首解下来，移入门内，别叫人看见，之后再来听话。"

郭洪家的回去依言做了，再回来，不过是看旁牌。就这么耗着，又过了一两个洋钟点。郭洪在家，守着个冰凉的缢尸，毕竟按捺不住，亲自来了，既不敢惊动牌局，又不能不有所示意，索性在一旁兀地跪了。范明儒回头看郭洪自己到了，不觉失笑，道："瞧瞧我这记性儿！居然把老郭家的大事儿给忘了。"这才起座儿，将郭洪拉到一边，道："你赶紧回家，把李三儿那尸首再给挂回去，别让人看见——就得了。"

郭洪闻言又要跪，叫范明儒一把搀住，郭洪急得眼泪都掉下来了，嗫嚅着说："范爷如此吩咐，不是害煞小人么？"

"我且问你：自李三儿悬梁到此刻，可有行路人等瞅见？"

“那倒没有，大冷的天儿，我那宅院方圆五里之内并无人家坊市，还没有为外人看见。可再、再、再把他挂回去，就、就、就难说了。”

“那好！你就回去把尸首挂上罢——不依吾言，但看你破家也不得收拾了。”

郭洪听话，回去将尸首挂回先前李三儿自缢之处，当然还是惴惴不安，又回来请教。

“你怎么那么不怕麻烦呢？”范明儒还是把郭洪招过近前，附耳低声说道：“回去睡觉了罢！明日有叫门的，你别理，待官衙里有差役来，才给开门。要是差捕人等问起什么来，你也别辩理，就说请把尸首放下来验过，我自有替你脱罪的法子。”

到了第二天，果然有地保来叫门——显见终于还是叫过路的看见了，也报了。郭洪谨记着范明儒的指示，愣不理会。直到衙门里的捕头来了，才开门出见。

捕头问话，郭洪直说：“怎么吊着个人哪？快放下来！快放下来！”

捕头差手下放了尸首，当然那仵作就先过来看了。捕头随即问这郭洪：“你认识这人不？”

“是小人的中表亲戚，叫李三儿。他怎么会死在我门口呢？”

“你俩，有什么过节么？”

“向来没有的。”

这个时候地保却说上话了：“这郭洪平日为富不仁，常听李三儿说欠他这表兄银两，还不出来，看这光景，一定是郭家威逼李三儿还债，才闹出人命来的。”

捕头也不答腔，看看仵作的验书，什么话也没说，比手势让差役把地保给带走了。回到衙里，县太爷、刑名师爷、捕头会同刑房书办只商议了片刻，立时重责了地保五十大板，说他涉嫌诬枉郭洪，冀图讹索财物。

为什么这么判呢？因为直到捕头到场，郭家才开门，众目睽睽之下，可以为证。而死者颈上竟然有两条缢痕，一深一浅，则表示尸体是移动过了的。虽然可验为自缢，尸体却是从旁处搬来的。是谁移动的？地保说不上来。因为他风闻郭家门口有吊尸，满心想着的还真就是去讹索一点儿好处，根本不知道是谁先发现的尸体，当叫门不应，再请了捕头来，捕头头一句话问的，就是“谁先看见尸首的？”地保深怕错过这两面捣饰的机会，自然说：“是小人！”

那么，就小人罢！范明儒虽然只是个书办，人情练达如此，怪不得会发财。

居然这骗子
还是个好官儿。

拾叁·金巧僧·聪明品

金玉昆打小是个眉清目秀、资质过人的孩子，得说他灵神秀骨，必有宿慧，邻里间哄传，说他“经史百家，过目成诵；临摹法帖，逼肖名家，真未易之才也”。（语见清人吴炽昌《客窗闲话·卷二》）也没有人想到过他的名字“玉出昆冈”有什么不妥。可好生孩子偏就带着那么点儿歹命，昆这个字的谐音坏了——髡，秃也。金玉昆打从十一二岁上染患癞疮，此后毫发全无，成了个不折不扣的秃子。

在清代，秃子其实同不秃的差不了许多，可是在那时，秃了，就直等于没有了前程。他十六岁，还是凭着真本事考进了县学，可以领一份饩粮，算是由国家供养的读书人。可连金玉昆也知道：他的前程，不过就是这份秀才粮食罢了——将来就算大比得中，也别想更上层楼；起码本朝以来，还没听说过哪个秃进士、秃状元的。

由于秃这个病，金玉昆的性子也同常人不大一样。他是聪明、伶俐、秉赋非凡，也可能十分自知而不得不生出十分的感慨，因感慨而委屈，由委屈而愤懑，不觉而然地想要借着自己的聪明睿智与众为敌、与俗作梗。正因为性情如此，还对那些个惊世骇俗之事特别有兴趣。

金玉昆十七八岁上就经常引着县学里的诸生做狭邪游。父母为他完娶之后，不多久便双双过世了，此子益发没有了拘束，日日与浮浪子弟为伍，几经翻覆，一份不算太丰厚的家业就倾荡一空。之后靠着亲朋接济，略博升斗，也差不多过了十多年，弄到了人人畏而避之的一个场面。大老远一见他来，便纷纷纭纭地讲论："秃子又要来骗银子使了！秃子又要来骗银子使了！"结果弄得褴褛如丐，家人当然也看他不起。仿佛他这一生的命途，是打从顶峰上走起的，越走越往下、越走越往下；走着走着，命还在，运势已经用光了。

金玉昆穷人也有穷人的豪壮，慨然道："大丈夫搏功名富贵，犹反手耳！奈我乡人，目光如豆，不识贤豪。放眼望去，没有一个能助我入青云者。我不如遨游四海而图之！"

妻子听他这么吹，也破涕为笑了，说："一个富贵窑子、一个皮肉窑子，这两个窑子可就算是你的青云了罢？你为了在这两个窑子里奔波，也连累不少的乡党亲故了罢？还在这儿放口昂声、高谈阔论，能不害羞么？你今儿能做什么？你今儿能做的就是出门讨饭——要是怕玷辱了先人，那就到外乡里讨去，这就算是你遨游四海了罢！"

金玉昆闻听此言，不禁冷冷一笑，道："看着罢！"

言罢拂袖而去——还是先到亲戚齐聚的祠堂里——那儿人多——到了祠堂见了人，道：“我有一趟远游，请以妻、子托付诸君，十年为期。如若不能飞黄腾达，我也就没有脸回来了！”

亲戚一听说他要远游，个个儿都松了一口大气儿，一个接一个地说：“你放心去罢！家里的事不用想了。”“十年算什么？二十年、三十年也无妨碍，你自不须回来了！”“十年之后，你儿子也大了，看模样儿是跨灶之子，能有出息，而且不秃，这一点十分要紧！”众人说到这一句上，个顶个儿再也忍不住，仰天大笑起来。

金玉昆也妙，登时答道：“我的儿，不过是一副贵家公子的模样，焉能清于老凤哉？”众人见他谈吐得如此有志气，又是一阵恶笑，纷纷道：“别忙着走，你既然一去十年不回，那可真值当得乡里给贺一贺！我等今回一定要为君醵资饯行，壮壮行色。”金玉昆很是有骨气了，道：“这倒不必了！”说完一拱手，扭头出祠堂，直到此刻，众人还当他是借故摆谱，不知又要些什么样混吃骗喝的奸计了。

金玉昆是一路朝南去的。才走了两天，活该天无绝人之路，教他遇见个吃醉酒的和尚，倒卧在山林小道上。金玉昆一见，触机而叹道：“噫！这个行当子甚好，可以干、可以干！”于是当下拿了和尚的钵儿、挑担，卸下他的袈裟——袈裟里还有度牒一份，那醉和尚法号叫“悟真”——好！我金玉昆也不是不可以就叫“悟真”的！

从此悟真便周流于丛林之间，虽可驻足，却没有什么发迹的机会。辗转听人提及广东，都说广东虽地处南疆，但是粤人好佛不亚于江南，而且大户人家出手供奉，常有一掷千金之举，比诸江南诸寺这种庙老神疲之态来，相去若云泥。

广东有一座远近驰名的古寺，叫“慧果寺”，供奉着释迦牟尼佛和文殊、普贤、观音三大菩萨。这是五羊城里外八方幅员千里之内的第一大寺，巍立一方，气象雄浑。可惜的是，不知何年何月，着了一把无名火，琳宫璇室，焚毁其半，香火也就衰败了下来。

现任的住持想要募缘聚资，重为修葺，可是丛林化外也有丛林化外的现实——你这庙的香火坏了，就是坏了。想要人在神佛面前雪中送炭，比在人世间施舍粥衣更不容易。在人世间的施舍，还存着个行慈为善的果报之念；神佛落魄了——就是俗说的“泥菩萨过江”——那他还能救得了谁、帮得上谁呢？救不了人也帮不上人的神佛，就比丧家之犬还惹人嫌——这一下，慧果寺的住持发起慌来。

金玉昆——不，如今该叫他“悟真”了——悟真侦知这一段过节，想是个机会，遂来到山门之前，直说要见住持，说小僧从江南来，见识过丛林无数，可以商谈商谈重修庙宇的良方。住持当然立刻接见了，听他说起某寺某寺，又是什么塔、又是什么楼、又是什么阁、又是什么殿，历历如在目前。而且一旦说到兴修屋宇，不论方内方外，自凡是有兴趣，说的人也好、听的人也好，都有一种沉浸于宏伟壮丽之美的喜悦。

悟真说了些大佛古寺的见闻，说得老住持兴奋不已，连声放屁，直道：“既然见识过那么多的庙宇，那么悟真师何不将鸠工兴建之事所需工料、用度，乃至于一应屋宇配置图卷，都录写下来，好让敝寺有个施作的张本呢？”

“小僧粗莽，虽然见过不少丛林，却一向不会写字。”

“不会写字？”

“度化我的师父上玉下昆大和尚说过：佛法无边，未必一定要认字诵经，飘南泊北，全仗手脚勤励；一日做、一日食，这是当年百丈禅师的训诲——小僧毋宁也是做一日、吃一日。即便是个夯人，倒是很愿意为方丈干些个粗笨的活儿，毕竟有一日还是能将寺庙修复的。”

这方丈转念一想：当今世上还有几个这种甘心吃苦耐劳的僧人？我若募得足够重修庙宇的香资还则罢了，若是募不得，能募着这样吃苦耐劳的和尚也是大好因缘。于是便将悟真收留在寺，果然放他些粗重的活儿干，他也干得津津有味，四更天不到，就起身打水生火，人家僧众还睡着呢。到了夜间，僧众已经歇息了，他还劈着柴火。老住持深庆得人，益发看重这老实和尚了。

悟真还愿意跑远路，到市集上买些寺中日用不可少的杂物。他担任采买，其实市集上的店家都麻烦，为什么呢？他说他不识字，认不得货、价如何相符，于是每买一物，都要请闾阛之中能写字的人替他详细书写单据，物价若干、用钱若干，非但交割清楚，记录亦明晰。

如是者将近半年有余，全广州都听说有这么个老实和尚，也有叫傻和尚的——他倒成了羊城一景，没有人知道或嫌弃他是秃子。他这憨傻愚昧的模样，渐渐地让慧果寺有了人迹，居然还有人打从山门外边儿几箭之遥就喊着："傻和尚！傻和尚！"

半年之间，悟真只在一宗买卖上动了点小手脚：他私下挪用寺里的公款，买了一套紫金衣钵，以竹筴盛之，藏诸烧毁残存的大殿佛像座下。又一日，诸僧起床上殿做早课的时候，忽然看见那悟真头戴毗罗僧帽，身穿一袭簇新的紫袍，踞大殿之基，趺跏而坐。众僧不禁都笑了起来，相互闹嚷道："悟真疯了！悟真疯了！"住持闻言连忙前去观看，悟真缓缓起身道："佛旨在身，不敢为礼！"

住持还是不明白，道："施礼不施礼倒是小事，可究竟是怎么一回事呢？"

悟真道："弟子于夜半之际，梦见释迦牟尼佛降凡，嘱咐弟子说：'这座庙，究竟能不能重新兴旺起来，都在你一个人身上了；你要勉力募化，广结善缘！'弟子说：'弟子愚昧，担不起这个活儿。'我佛微微一笑，拿手摩了摩弟子的脑袋，另外还交付了弟子一粒五色珠，叫弟子吞吃下肚，说：'服此舍利子，自能领悟一切法。我座下有正传衣钵，也发付与你，这就可以取信于人了。'弟子醒过来，果然在莲花座下找着这衣钵，敢不虔心奉持、谨遵佛嘱？而今就请师父号召四方施主前来，看弟子撰文书榜，以募善缘罢！"

众僧闻知，宣传遐迩，于是善男信女之聚观者，日数以万计。这悟真于是张布硬黄纸，对大众书疏，相传其文字可以比配得上当年玄奘法师请唐太宗写的《大唐三藏圣教序》那样清丽动人，而一笔苍劲遒结的书更是令人想起唐代著名的碑书《大唐西京千福寺多宝佛塔感应碑》。当地的士大夫顶礼佩服，小老百姓无不涕泣赞叹，哄呼："活佛！活佛！活佛！"就怕施舍得不够了。

一个月之间，朱提满溢，白镪充盈，这就准备鸠工重修庙宇了。可还有一个问题：大殿所需的栋梁之材都是巨料大木，这，得到何处去张罗？

悟真说："我佛慧照四方，这有什么难的？蜀中就有大木。不过，买木不难运木难，须运我广大神通以摄之，应可成其功！"众善男信女皆道："这就非活佛不能成事了！这就非活佛不能成事了！"

悟真谦辞了半天，众人之请托却益发固执，他勉为其难地答应道："就拿二十万两银子去买木料罢！但是二十万两白镪是何等规模？不如买了细软珍宝，俾我上路轻盈，一俟挑选巨木，我即交付珍宝，令彼等开立收据——这些事，我之前在市集上都拜托各位做过的。一旦单据开立，我即请佛祖运大神力，转瞬即将木料运回寺中。"

悟真——不，这会儿又不该叫悟真了——这金玉昆出了广东省境，立刻弃去了辎重，单身兼程入都，把所有的珠宝都卖了，差不离儿也是二十万两之谱，恢复原名，捐了个知府的官，捐来的官要得铨选放差，还有入觐一关——就是见皇帝。金玉昆买了条又黑又亮的假辫子，缝在帽檐儿后边。如此一来，秃子又不秃了。

吴炽昌《客窗闲话·卷二》给这故事下的结尾是："入觐，奏对称旨，交部即选，铨得闽郡。过其乡里，仆从舆马，炫耀一时。亲友争趋奉之，生皆厚报，乃携妻孥之任。缘历尽艰难，深知民间疾苦，以清勤自持，故称贤太守也。"居然这骗子还是个好官儿。

从前那豪情万丈的
方九麻子又回来了。

拾肆·九麻子·诡饰品

原来，“飞毛腿”三字并不是指跑得很快的人，而是一个台湾贼。

乾隆十三年三月，方恪敏公观承由直隶藩司升任浙抚，在抚署二门上题了一联：“湖上剧清吟，吏亦称仙，始信昔人才大；海边销霸气，民还喻水，愿看此日潮平”。这是有清一代督抚中文字最称“奇逸”者。

嘉庆十八年，也是三月，方观承的侄儿方受畴亦由直隶藩司升浙抚。这个时候，方观承的儿子方维甸已经是直隶总督了。早在嘉庆十四年七月，方维甸也就以闽浙总督暂护浙抚篆。数十年之间，父子叔侄兄弟三持使节，真是无比的殊遇，于是方维甸在父亲当年题联的楹柱旁边的墙上又补写了一联：“两浙再停骖，有守尢偏，敬奉丹豪遵宝训；一门三秉节，新猷旧政，勉期素志绍家声。”还在联后写了一段长跋，记叙了这桩家门盛事。人称方观承是“老宫保”，方维甸是“小宫保”。

抄两段儿枯燥的史料暖暖场子，今日咱们说飞毛腿和方九麻子。

要是嫌史料生硬难读，尽管跳过，也减不了后头故事里的趣味；可是，一旦细读这么几段儿文字，您就会有恍然大悟之感：原来中国加紧统一台湾是从这老小子开始的。

《清史稿》本传称方维甸：

“方维甸，字南耦，安徽桐城人，总督观承子。观承年逾六十，始生维甸。高宗命抱至御前，解佩囊赐之。乾隆四十一年，帝巡幸山东，维甸以贡生迎驾，授内阁中书，充军机章京。

“四十六年，成进士，授吏部主事，历郎中。五十二年，从福康安征台湾，赐花翎。迁御史，累擢太常寺少卿。又从福康安征廓尔喀。历光禄寺卿太常寺卿，授长芦盐政。嘉庆元年，坐事夺职。吏议遣戍军台，诏宽免，降刑部员外郎，仍直军机。迁内阁侍读学士。从尚书那彦成治陕西军务。

“五年，授山东按察使，迁河南布政使。时川、楚教匪未靖，维甸率兵六千防守江岸。疏言：‘大功将蒇，裁撤乡勇，最为要务。宜在撤兵之前，预为筹议。俟陕西余匪殄尽，酌移河南防兵以易勇，可节省勇粮。’上韪之。

“八年，调陕西，就擢巡抚。督捕南山零匪，筹撤乡勇，核治粮饷，并协机宜，复赐花翎。十一年，宁陕新兵叛，维甸亟令总兵杨芳驰回，偕提督杨遇春进山督剿。会德楞泰奉命视师，贼窜两河，将趋石泉，维甸遣总兵王兆梦击之，劝民修寨自卫，贼无所掠。未几，叛兵乞降，德楞泰请以蒲大芳等二百余人仍归原伍。上责其宽纵，命维甸按治，疏陈善后六事，如议行。

“十四年，擢闽浙总督。蔡牵甫歼，朱渥乞降，遣散余众。台湾嘉义、彰化二县械斗，命往按治，获犯林聪等，论如律。疏言：‘台湾屯务废弛，派员查勘，恤番丁苦累，申明班兵旧制，及归并营汛地，以便操防；约束台民械斗，设约长、族长，令管本庄、本族，严禁隶役党护把持；又商船贸易口岸，牌照不符，定三口通行章程，杜丁役勾串舞弊。’诏皆允行。以台俗民悍，命总督、将军每二年亲赴巡查一次，著为例。

“十五年，入觐，以母老乞终养，允之。会浙江巡抚蒋攸铦疏劾盐政弊混，命维甸按治。明年，召授军机大臣。维甸疏陈母病，请寝前命，允其留籍侍养。十八年，丁母忧，遣江宁将军奠醊。未几，教匪林清谋逆，李文成据滑县，夺情起署直隶总督，维甸自请驰赴军营剿贼，会那彦成督师奏捷，允维甸回籍守制。二十年，卒于家。上以维甸忠诚清慎，深惜之，赠太子少保，谥勤襄，赐其子传穆进士。”

从这么点儿记载，就可以看出大中国羁縻台湾的益发严密，是从方维甸这个人开始的。建议总督、将军每隔两年亲自赴台巡察而成惯例的，就是他——因为他看出来“台俗悍”。

从生平行事上看，飞毛腿的事件应该发生在方维甸在世的最后两年——也就是嘉庆十八年到二十年之间。

当时京师里出剧盗，听说此盗神出鬼没，来去无踪，口操南音，似是闽台间人。有人说：“这是小宫保招来的！”为什么呢？因为方维甸不知道叫什么鬼迷了心窍，居然一力主张大事开发台湾，听说这贼，就是台湾人，而且专偷京师里的王公巨室。另有风闻：说不定还要对宫禁下手。至于贼年貌如何？手段几许？谁也说不上来。唯有刀把儿胡同一个开旅店、专做南商生意的掌柜，说出一件奇闻。

那是某亲王老母七十整寿，蒙圣恩特赐宫中升平署为唱三日戏。这三日戏不好对付，既是圣恩，不听都不行，全家老小，阖族戚旧，都来正襟危坐地听大戏。每日午后文武场就一阵吹拉敲打，直唱到入夜。到了第三天上，不独老太太听着听着就睡着了，上上下下百十口子人几乎都睡了。是不是遭了熏香的道儿？没人敢讲——升平署的伶工都还在台上生龙活虎地唱着、念着、做着、表着不是？戏散之后，不知过了多久，才有家人发现老太太寝室夹壁里的珠宝全不见了。来贼是个大内行：黄金白镪的通通没要，专挑价值连城的细软下手；失主算了算，损失在百万两以上。

窃贼只留下了一个线索：毛。内室夹壁极窄，有什么取放的活儿，老太太平时都是遣一个身形娇小的丫鬟儿出入。这贼——就常情看，无论如何其体量躯干都要比个小丫鬟儿高大得多，光那草鞋印儿就足抵丫鬟儿的三个长。可见要能进夹壁，殊非易事。但是人家的确进去了，也得手了，只在两面墙壁之上留下了厚厚的两层油；可见此人浑身涂上了油，为的是挤进挤出更顺溜。除此之外，下半身三尺以下的所在，擎烛而细察之，可以发现墙上油渍之中到处是一根儿一根儿的腿毛。

这个故事，要不是有刀把儿胡同那旅店掌柜的在，就算完了。

旅店掌柜的传出来一桩奇事：就在亲王家的劫案之前几天，打从南边儿来了个贩桐油的客人，有“八闽新桐海上来”的新式招帘儿，迎风招展不说，旗竿儿还能左右打转转，看得人已经目瞪口呆，再看帘儿上那笔字，一眼就认得出来：是咱们直隶总督方维甸小宫保家传的那笔褚骨赵字。

不消说，极可能是小宫保前两年在闽浙总督任上应酬过的笔墨，为商家所得，倩书写匠大量仿写，到了京中来也，算是小宫保的脚下，商人们自有他精明柔顺的算计。兴许是要惊动一下小宫保，这是他自己的诗，捧的就是桐油生意的场：

八闽新桐海上来，
霜根未寸觅先栽。
问渠哪得清如许？
凤老枝头咳几回。

您老的字儿，咱都给您扛来了，这份儿畏威怀德的孝思，您老能不动容么？

可盗案一出，九城觳觫，那卖桐油的把一竿一帘都扔在旅店里，人却再也没回来过。九门提督亲来房舍查问，那掌柜的为了巴结差事，还刻意上前对提督大人说：他还有一句重要的话，要亲自奉禀。提督说："你说。"掌柜的说："那小子浑身是油，拉着他自己的袖子，跟小人说：'蛋哥哥！'"

"蛋哥哥？"提督大人想不明白："'蛋哥哥'是他自

已？还是他要去会首碰面之人呢？”

“这个么——小人就不明白了。”

提督大人并非没有收获，在那旅社之中，还发现了一桩极要紧的证据：也是毛。跟亲王老母内室夹壁上一模一样儿的腿毛。这个案子，暂时就叫“飞毛腿”，稍后再遇上了同样难以破解的案子，就会说：“这跟飞毛腿那案子是一样的。”久而久之，便形成了当时对这种神乎其技的完美盗案的昵称。这是“飞毛腿”三字见诸公文书以及史乘之最早者，熟悉清代刑事犯罪公案的学者一点儿都不会陌生。当时，也还没有谁以“飞毛腿”形容“跑得很快的人”。

接着，要绕出去说方九麻子了。方九麻子是老宫保方观承的叔伯弟弟，方维甸的族叔。年纪要比方维甸小很多，看起来，很可能是因为方观承的兄弟们都习惯晚婚晚子，而且比六十生子的方观承还要晚很多，到方九麻子长大自立之时，才会连方维甸都老了。根据麟庆著《湖天谈往录·卷二·方九》所载：

方九，名不著，少无赖，能以术攫人财，屡犯法，捕弗获；富人畏之，贫人又甚喜之，盖诈取之财，施予不吝也。

这方九麻子年少时节干的勾当在直隶、山东一带可说是家喻户晓了，代代流传，到今天还有说的。

我还是个孩子的时候，从外边儿听说了许多有关圣诞节的传说、故事，便回家跟我父亲嚼咕，说是得让圣诞老人知道我们家有个小孩子，不然每年圣诞节都得不到他送的礼物。我父亲当时一定相当穷——只有穷到一个地步的人才会生出某种程度的远见来，他大概是怕一旦答应了我，往后每年年底，都得想法子凑出一份礼物来替圣诞老人作面子，于是说："你只要看着一张大麻子脸不害怕，我就跟他说去。"

为什么会有这么个说法呢？道理无它：咱早在听说圣诞老人驾雪橇、钻烟囱、上每户人家小孩儿床前的袜子里塞礼物之前，就听说过方九麻子的故事了。对于北五省里的破落户来说，方九麻子几乎就像是不定期会来拜访的家人一般。人间哪儿有不平之事，他一定会来整治收拾，给缺吃缺穿、缺花缺用的小老百姓带来无限遐思和希望。

谁不想见方九麻子？谁不够穷，就不想见方九麻子，因为不够穷就要等着捱方九麻子的搜刮；谁不够丑怪凶恶，也不会想见方九麻子，因为只有丑怪凶恶到一个地步，才不会教方九麻子给吓着。

一旦我父亲告诉我这个道理，我老实了好几年，绝口不再索讨圣诞礼物，直到我明白圣诞老人在别的孩子家的真实身份为止。我父亲是这么说的：“圣诞老人其实就是方九麻子！外国人叫他圣诞老人，咱们叫他方九麻子；很明白的，脸上都是窟窿才算个麻子不？你我脸上都没有窟窿，只好说：‘剩他一个窟窿子’、‘剩他一个窟窿子’，就只他脸上有，洋人就认得这个，这才叫开的。”

方九麻子的故事很多，事机凑巧，讲到飞毛腿，就从飞毛腿这案子说起。话说他在穷人眼里固然名声响亮，是条铮铮的汉子。可是在稍有点儿家资地位的人眼中，方九麻子不过就是个败坏方观承、方受畴乃至方维甸这一门清正官声的匪类。

可亲王老太太寝室夹壁一案发生之后不多久，这方九麻子忽然来到保定，大步径趋制军府前，自陈于司阍：是总督大人的族叔。门上的也是底下人，打小就听说过有这么个劫富济贫的豪杰，张嘴就是一口跟大人一般无二的桐城话，再加上一脸大麻瘢，自然不敢不接待——不过，免不了还是要盘问几句。

方九麻子倒显着实在，开口便说：“方九半生涸迹下流，恶名昭著，虽说疏财仗义、济弱扶贫，也是平生一快，可这一向在外风闻：小宫保偶然向人说起家事，总以方九为憾，引为桐城方氏一族之奇耻大辱。我今仍不才无德，愿意到制军台前报效，仅此贱躯残年，无论是催车赶马、担水挑柴的活儿都行，所求者，只是改过向善，以赎前愆而已。”

这话传进去，年老的侄子方维甸一听，大为感动，亲自在花厅接见了方九麻子，把手一晤，款款而谈，很受他悔过迁善的诚意感动，当下打发了一个内衙会计的差使，一个月开付几两银子的薪资，让他维持生计。

这方九麻子入署之后，做事十分勤恳，为人更是谦抑自持，内衙、外衙上上下下皆赞誉有加。方维甸自然也十分高兴，几个月之后就给加了俸银。而他却丝毫没有骄矜的意态，办起事来仍旧从容严整，日常出入起居，也绝无寻常官亲那些交际应酬的花样儿。方维甸就不只是高兴了，人前人后都以“九叔”称呼，可见敬重了。

方九麻子实心任事，照说小宫保应该欣慰有加，不至于终日愁苦了。可小宫保毕竟年纪大了，年纪大的人最喜数落平生遗憾，经常闲时与衙中幕友接谈，总忍不住面露郁郁之色。有个人称王师爷的绍兴人，名唤子清，字也澄，号梅庵，都说只有他明白小宫保的心事。

一日方九麻子与这王梅庵报算内衙开销，发现有一笔五千两的支出没有领具，也没有支照记录，账面儿对付不上，方九麻子便向王梅庵请教了，还说："我看这账务奇怪，便翻拣旧账核对。但见去年二、八月都也有这么一回短缺，少则三千、多则五千，一年就是上万两的短绌——制军为官清正廉明，这是举世皆知的，一年无端开销上万两银子，来无凭、去无据，敢问恰否？"

"难得你是个用心思的。"王梅庵叹了口气儿，阖上那账本，道："这正是小宫保忧心之所在啊！"

原来方维甸的确是个清官儿，每年二、八月的额外开销，正是他时不时长吁短叹的缘故。若不开销，似有难言之隐；若开销起来，少不得还是得收受些尴尬的馈贶。虽然比起其他的督抚能员，一年万把两银子简直不成个数目，可对小宫保来说，却犹如白璧之瑕、丽日之蚀，总觉得是仕途上的一大阴影污迹。

"怎么说非开销不可呢？"

"二、八月，是永兴寺开山门行薙度之礼的日子。"

王梅庵这么一说，方九麻子就明白了。这事得回到老宫保方观承身上说起。

早年方观承落魄之际，曾经在漕河边儿上为一名野寺老僧搭救，老僧原不是什么高僧，梦中听见殿上神佛开示：要到河中去救贵人，此寺将来便可发迹。老僧去了，见有白虎一头，心生畏惧，还是神佛再三以“香火鼎盛”的愿景诱之，才将方观承救了，还将他荐予京中隆福寺大和尚，也因之而得着个替太后抄写百部《妙法莲华经》、转赐天下名刹还愿的机会，如此夤缘得官，方观承自当报效。

隆福寺发了不说，漕河边儿上的野寺也跟着成了名刹，叫“普救寺”——光看这寺名就是一个提醒：咱们可是救过贵人的。根据麟蔗《湖天谈往录·卷二·方九》所记如此：

及公受特达知，不十年，官直隶总督，加太子少保，公讳观承，世所称“老宫保”是也。公乃捐万金修寺，于是阖省官民布施无算；寺僧又善营运，有良田数千顷，跨三邑界，下院数十处，京师永兴寺亦下院之一也，富果为通省冠矣。

这里值得注意的是普救寺已经是一个连锁店了，非但总店香火鼎盛，跨三县而拥有无数地产，是以有“下院”也就是理所当然的了，下院者，说他是加盟店也可以，说他是分行也可以，总之会让人想起星云大师人间佛教的伟大事业。这还不算佛光普照吗？

话说回头，方九麻子听说“永兴寺”三字，便不吭气儿了——那是老宫保的恩遇，虽说是加盟店、分行，做人还是要饮水思源，摘果寻根；不能说老宫保报过了恩，传到小宫保身上就不认账，这样也说不过去的。是以二、八月开山门，当然得备办一份极为丰腆的香油钱，算是布施。

又过了一个多月，方家也好、督军衙门也好，忽然发现方九麻子与早先不大一样了，人变得喜欢出门了，每回返署，背上总扛着个大皮箱。皮箱有的新些、有的旧些，无一不是二手货，说不上是什么好东西，可看起来皮料都是好的，制作手工也都十分讲究。问他买皮箱干嘛？他总笑笑，说：“南方皮货是名贵玩意儿，北地皮货便宜，所谓值钱而物坚，我平日里不出门，一出门就看出这差别，毕竟还是一双南方生意眼——诸君试想：我年纪也有一把了，跟着小宫保效力办事，还能干几年？要是不打点一门生意，日后回乡，能有个什么了局？”

有这么一天，方九麻子交代了公事，又见小宫保看来从容悠闲，便上前告假：请准回乡归省老母，乞假数月。小宫保回头想想：方九麻子如今改过迁善，端的是立地成佛，当然应该回家乡去光耀一下门楣，于是立马准了，还借着给方九麻子的娘——小宫保喊奶奶的——治备了许多礼物。

这就说到官场里迷人的细节了。官人送礼，分许多层次，送家礼讲究便不少。除了给自己的爷娘妻儿，家礼不能贵，贵重了划不来；不能轻，轻贱了显得瞧不起人，也教受礼者没面子，还不如不送。是以在京当官儿的都有这么一部算盘，内亲如何？外亲如何？五服以内如何？五服以外又如何？比方说送字画，就得装裱，装裱不花什么钱，可占地方；裱褙过了的卷轴还得饶上个又长又大的匣子，这就得雇车了。人说某家某户某老爷打从京师捎了一车礼来——当然不只一匣书画——听起来多气派？

还有送布匹的，成匹的布料也不一定能值什么钱，妙处也在“成车”。稍微肯割舍点儿的，就送家具，那就不只一车了。京师有专包往各省里送家具的车行，有要雇车捎礼的进门报个数，三车五车、十车八车，各成套件，都十分完足。送家具也实惠，自凡是家有未婚子女，日后总派得上用场。

小宫保位极人臣，给“九叔”治备十车家具，不算失礼，外带几车皮箱——那是方九麻子自己的家私，也一并由车行包办运送。只出车之日，原本是清早启程，车夫正要挥鞭打马，却教方九麻子给拦下了：“马后些！马后些！我还有点儿活要干。”说完扛出个大包袱来，一抖露，哗啦啦倒了一地，都是钲光精亮的黄铜大锁。方九麻子只叫了一个贴身使唤了几年的少年，叫方阿飞的，过来帮手，一人一锁，按着各皮箱安装、对号。车夫感觉奇怪，不由得问道："方才搬箱上车的时候儿，看这些箱子挺轻，里头有什么宝贝么？"方九麻子笑而不答，道："小宫保赏了小的家里一门生意，自然得加锁维护的。"

这话听在外人耳朵里，自然不便再追问："那是什么生意？"而衙里送行的人一听就明白，都笑了。话说得很实在，大伙儿都知道：方九麻子准备将来告老之后趸一批北地的皮箱到南方去腾价而售之，这是正经营生，本小利大，自然算是生意。卖皮箱，能不带把锁吗？

可外人不如车夫心急，车夫顾虑的是程途。试想：路程都是既定的，何处打尖？何处放饭？何处歇脚？何处宿店？一程赶一程，从容就路才是正理，如此一箱一箱上锁，还得对钥匙，百余口折腾下来，已经晚了将近一个时辰出发。

这还不算，出发之后，一路之上那方阿飞老吵着闹肚子，动不动就要拉野屎，这又是一耽误，待日头甩西，浩浩荡荡快二十辆大车，不远不近刚刚错过宿头，来至普救寺的门前。车夫还犯着愁呢，这厢方九麻子却好整以暇地说："这寺受我家老宫保、小宫保照应多年，咱们就在此地歇息，还省了饭钱、店钱；要是素斋吃不习惯，我包袱里还有白酒赤肉，可供足下兄弟们一饱。”听这口气，不饶说书人絮叨，看官也明白：从前那豪情万丈的方九麻子又回来了。

前书说过：普救寺是古刹、是上院，住持虽然换过几个，却还是当年搭救那老宫保方观承的老僧及门之徒，如今一听说来人是“奉小宫保制军之命，扈衣笥还乡归里”，这还不快快请进？方丈伺候得用心不说，还派了几名小僧随身伺候，喝茶、更衣、卸置行李箱笼。

不多时，忽见一名小沙弥气喘吁吁地撞进了方丈室，道：“大师父！大师父！可不得了啦！可不得了啦！来的人、来的人，有一个一个叫叫叫——叫‘蛋哥哥’！”

方丈一时没意会过来，正想着，小沙弥给提了个醒儿：头年儿里在京师某亲王家唱着升平戏时，丢失了一批金珠宝物，价值连城，九门提督发了海捕文书，四处捉拿，中有一贼，不知年貌名姓，但听另贼“飞毛腿”呼曰“蛋哥哥”！

方丈想起来了，也急了，可偏听这小沙弥的一面之辞就报官，万一有个闪失、唐突了贵客，岂不是个饥荒？这么一急、一忧，不觉冒出三分火来；勉强按捺，再一寻思……有了！方丈连忙加派了几个年纪大些、身手也利落些的壮年僧人，紧密监视，看这来人若有任何异动，再报官也还不迟。正差遣着，忽又有一小沙弥来报：“贵客要讨几十张皮纸、一钵面糊。”

“要这些玩意儿做什么用？”方丈问。

小沙弥嗫嚅着说：“贵客说要在房里洗浴，得把窗缝儿糊严了，免得有人偷看。”

“此处是佛门净地，哪个会看他洗澡——欸！且慢！此中必有缘故。”方丈想了想，心头再窜出三分烟燎，依旧压抑着，道：“就给他们。”说时转身又吩咐那几个壮年僧人道：“你们几个替他放澡盆儿、糊窗缝儿去，倒要趁一面透月迎光的窗户安置，皮纸留孔也好、面糊调稀也成，终归要看他一个仔细的才是。”

用罢斋饭之后，已经有一拨儿先行回禀：看见那麻子自备酒肉，伙着那个给唤作“蛋哥哥”的少年，还有十多个车夫，正在偏殿庑下痛快吃喝，五魁八马地划着酒拳呢！这让方丈又增添了三分焦怒，不时地在室中来回踱步——看样子，已经忍无可忍、待无可待，几度欲抬手唤人，强强止住。

又过了一个多时辰，终于有了回音。几个好事的分别从四面窥看，所得景况皆同，人人都看得，也听得一清二楚：

那麻脸的在澡盆里打水洗浴，一边洗着，还一边拿支拔猪毛的小镊子向腿上一根儿一根儿地拔腿毛，一边儿拔着，一边儿还抱怨着——抱怨谁呢？还是那毛：

“都是你这小东西作怪！害得爷名播全省，如今竟无立锥之地！夸下了海口要进宫见见皇帝爷爷皇后娘，恐怕也不能如愿了。可你这小东西居然还一日长似一日！嘻——”

方丈岂须迟疑？最后那一分忿忿的怒火也来不及鼓烧了，登时派遣寺僧悄悄驰马而出，径赴在地县衙通报，亟言“大盗‘飞毛腿’、‘蛋哥哥’者今在寺中，看似天明之后，即有启程出省的打算。”县衙里一旦风闻这种巨案要犯落在地头儿上，第一个想着的就是一条升官发财的通天大道，这还有什么好犹豫的，即刻派出众兵役，将普救寺团团围了，四鼓时分，一干布置就绪，挠钩绳网俱全，捕头一声令下，可说是不费吹灰之力就把方九麻子、方阿飞，外带十多个车夫一举成擒了。

回到衙中，县令亲自鞫审，方九麻子只说不知道究竟是怎么一回事，也没说过什么腿毛之类的言语。撸起裤管一看，两胫洁白无毛。至于那支镊子——根本找不着什么镊子。倒是车夫身上有凭有证：保定府某市某衢某字号，受总督衙门雇佣，自署出行，要往安徽桐城省眷，大车十五辆在数，所运货物详细清单另由督署出具。

方九麻子是小宫保身边的人，要证明起身份来，自然更方便了。不过这样一审、一盘、一查，再向督署一寻问，是否有方九麻子、方阿飞等雇车回乡省亲事——有。底下州县小吏，哪里还敢多问什么？拍拍屁股回报：方九麻子是叫普救寺僧给诬陷的，殆无疑义。

县官儿当然一改辞色，立刻大张筵席，私送了好几百两银子给方九麻子，拜托他不要将此事向府里甚至省里回报。方九麻子拒绝了那几百两银子，说：“方氏一族自老宫保以下，是‘两浙再停骖，一门三秉节’的门庭，我身为一个下人，怎么能够拿大人这样的赏赐——这，于大人、于敝上，都是不敬啊！”

“难得方九先生风义如此，真是世间少有啊！”县太爷竖起大拇哥儿，直夸不停口。

方九麻子这才正色说道：“只不过普救寺僧人如此诬枉，应该有其缘故。小人清誉无碍，倒是制军大人这十车家私——尤其是装盛细软的那十几口箱子，已经在寺中贮放三日，小人着实放心不下！”

这没难处，差人搬了来就是——搬了来，让方阿飞一一对锁开钥，方阿飞愁着眉、苦着脸，回报道：“锁孔儿给人扠搭过，扭了芽儿了，钥匙开不了了！”

县太爷找来锁匠一验之下，果然所有的皮箱子都经人用小凿凿开过。锁匠又花了半天功夫将各箱一打开，里头竟然都是些印有京师永兴寺字样的经卷，以及破烂袈裟。永兴寺，不是这普救寺的下院么？督署里，怎么可能有这种东西呢？有什么样清廉自持的一位方面大员，也不至于千里迢迢地托运这种东西回家乡罢？

这是一案之外，又生一案，原告成了被告。看官可以揣想：给惹下这么大一个麻烦，那普救寺方丈还有什么话可以申辩？他只能低声下气地跟方九麻子说：“施主您说罢——该怎么办？”

方九麻子缓缓从衣襟里掏出一个折叠得整整齐齐的纸方来，递给那寺僧，道：“大和尚！车夫那张单据上写得明明白白：所运货物详细清单另由督署出具。清单在这儿呢！”

方九麻子想要些什么好带回家孝敬母亲的，都已经写在上面了。这些东西都很轻、很小，俗谓“细软”，细软十分值钱。旁人当然会以为那是小宫保的家当，值个五万、十万两银子的也不令人意外。

至于“飞毛腿”，方九麻子根本不认识他。而“蛋哥哥”，也根本不是人名儿，是形容词“湿答答”的意思。倒是王梅庵，待方九麻子销假归来之后收到了一张五千两的银票，方九麻子不说是怎么赚的，王梅庵也不问，心下知道这是为了弥补方九麻子经手永兴寺的那一笔账目。于是收了，归账，与方九麻子相视一笑。

墨迹从天而降，
不少生动自然！

拾伍·插天飞·狡诈品

先说下：今儿故事里的人物有好几个是说书人瞎编的，为什么今回儿要瞎编呢？因为故事里头有个矬瓜，是说书人的祖上，说书人从来当不上孝子贤孙，只能姑隐其名，替这位老祖宗留一个面子。

先说一段儿闲话。去岁有某大学毕业生自谓精通麻衣相法，每观报纸杂志电视节目见有贵人闻人要人富人之闹绯闻者，皆不出一相：右眼角有三条鱼尾纹。此子据此稍事跟监，往往略得踪迹，便修书致电要之胁之，欲张扬之。贵人闻人要人富人辄花钱消灾，以求息事宁人。每宗交易，自数十以至百万元不等，何其壮哉？说书人不免赞之曰："此岂插天飞之苗裔耶？"

插天飞就是方九麻子故事里的方阿飞。方九麻子在京师立下一次又一次劫富济贫的丰功伟绩之后，待小宫保方维甸辞世，他也就告老返乡，从此不问世事，颐养天年不说，还调教出这么一个徒儿来。几十年之后，乃有方阿飞的世界。方阿飞，外号人称插天飞，是因为总逮不住他。关于他的外貌，说书人只在《清朝野史大观·清人述异·卷下》里看到一点点儿：

其貌方颐广颡，美须髯，望如天神。学问赅洽，熟谙宫廷掌故。有徒党数十人，周流各省，专伺查地方大吏以取财。

什么是“专伺查地方大吏以取财”呢？就是以今天俗称的狗仔手法，贴身密探；一旦侦知奸宄，就登门稍示谍报，藉以恐吓取财。

话说有个河南巡抚，叫和舜武，因为上奏言事，把嘉庆君给触怒了，原本不是什么大了不起的不愉快，可和舜武这个“和”字，明明是汉姓，偏让皇帝想起十多年前他初即位时杀掉的和珅来，丢下了一句：“和珅那老奸邪真是阴魂不散哪！”这话让小太监听见了，辗转流出宫禁，成了个可以卖钱的“关节”。这“关节”是：“皇上正愁找不到题目要摘河南巡抚的顶子呢！”

和舜武驻节祥符县，离京师不算太远，稍稍也听闻了些，可抽调出先前上奏言事的文稿，怎么也看不出自己的错在哪儿。终日惴惴，还不时派遣干练的探子四出打听究竟。

这一天有了谍报：说是打从京师里忽然来了好儿十口子人，付了一笔极其优渥的租金，把城外法门寺给“包”了。

这可不寻常。

和舜武在官场上也不是一天两天的了，一听说这场面，心就凉了一半儿——旧日在京当差，屡屡闻听人言：皇室贵戚之出京微行者，几无例外，都是住寺院。一来图个清静，住在寺院里，也不兴许同地方官绅酬酢往来，如此可避交接外官之嫌。二来踪迹不入市廛，也是安全上的考量。当年乾隆爷下江南之前，有某王先行探路——谓之“扫跸”；这王爷爱喝酒嫖妓，出京之后简直如鱼得水，一路之上狂嫖滥饮不说，还一再与小民冲突，给打得遍体鳞伤，回京覆旨之时伏地叩首不敢抬头，皇上命其仰视，不得已扬了扬脸，皇上看他满面淤青，不觉失声大笑，道：“照这个伤势看起来，你可给朕开辟了几千几万里的疆土哇？”原来乾隆早就派人一路之上密访其形迹，早已得此情实，这钦命抬头，根本就是打着要窝囊他一下的。此王日后有了个诨名儿，叫“杀千里”。

京中来人，包租寺院居住，如此大手笔，已属不寻常。更叫和舜武担心的是这批人的来意。因为来的，都是男人，没有一名女眷。换言之，这决计不是亲贵私家出游，而是公干。也是做贼心虚，和舜武总觉乎着人家是冲他来的。这该如何？当然是“瞷人者人恒瞷之”，巡抚大人也派了兵丁差役，换做百姓服色，每天早晚来来回回、不停地穿梭过寺，务使无滴水之漏，不但要知道来人的底细，还得查探来人到底想要打听什么底细。

匆匆过了五六天，只知道这一批人终日闭门禁出入，仅仅于拂晓前后，打开寺门，不过容身宽窄，才通一担出入，有挑水的、有担柴的；有僧众，也有的高大健壮、望之可知是改扮百姓的军人，后者一个个儿口操京语，且神气肃飒，步履端严，比起地方上习见的兵勇又高明了不知凡几。

这几天下来，不只是和舜武派出去密探回报得其情实，整一片祥符县的老百姓也喧腾开了：京中有皇亲国戚微服私访，看来是跟之前打从宫中小太监嘴里传出来的那“关节”是有干系。

群众的猜测大抵如此，毕竟谣诼既无根源，又无去向，往往捕风捉影的内容，恰与听者所预期者极为相近。在麟庚所撰写的《湖天谈往录·卷三·祥符贵胄》中详细记载了一个当时的传说，居然直接挑明：来者的确是为了罗织巡抚大人的“墨迹”而至，谓：

星使已易服为僧众，藉樵汲之便出寺入城，假作投牒挂单，溷迹于城中诸寺庙。至夜乃易俗装、帽后衬假辫发，出入市肆，广搜和抚任内勾当几许、手段如何？

试想：一个方面大员，在任内无论如何清廉，总少不了送往迎来；无论如何慈恤，也总免不了秉公得罪。只要有那想来罗织的，则麟荑有两句漂亮的形容：“墨迹从天而降，不少生动自然！”和舜武不敢掉以轻心，立刻督促祥符县令：无论如何，得在三日之内查问出来者身份、来意，否则先问这首县一个办事不力之罪。

祥符县太爷叫郝廉生，得令时已是薄暮了，仍旧不能怠慢，亲自易装，前往法门寺勘查。远远观望了一阵，忽见有人踅出来了，状貌又与先前所见的壮夫力士显然不同——看他身形佝偻、老态龙钟，步履倒还便捷，只是怎么看，怎么觉得不顺眼；再一细忖，想起来了：这人嘴是瘪的，唇上颔下不见一根儿须毛，咳唾声细如蚊蚋——他、他、他竟然是个太监。郝廉生急急忙忙跟随定了，见那老太监手里还提拎着一只腰长嘴细的大银壶，同他错身而过的人都不免回头屡顾，想要多看个一两眼——因为毕竟没见过那么个长相的壶。

县太爷一路尾随入市，见人家是去沽酒的。买卖一场，除了问价之外，一个闲字儿没说出口。郝廉生见壶装满了，假意敬老扶弱，上前搀拉，老太监正色拒之，仍不发一言。回程脚步更快，转眼之间就飘然入寺。之后山门深掩，虫鸣寂寂，郝廉生这头一天出勤，算是扑了空。此景此情，一连两日，急得县太爷还差一点儿掏钱要给代偿酒赀，老太监总还是不吭一声。

眼见这一回沽了酒又要进寺中去，闭门不出，则尽日枯守之工岂不白耗？再看对方颓耄恭谨的模样儿，郝廉生猛可想起一计，当即飞身上前，趁那寺门将掩未掩之际横肘一架，格住了，同时高声喧嚷起来："法门寺乃是佛门清静之地，奈何有俗家人沽酒而入，看来里头嫌疑不小，我倒要问问方丈大和尚：招纳俗家丁壮陪饮——这，究竟是八万四千法门里的哪一门儿？"

这一招居然奏效，老太监果然流露出惊惶恐惧之色来，索性跨槛而出，以身护门，尽力要压抑辞色地说："你不要在这儿喳乎！知道里头住的是谁么？"郝廉生当然打蛇随棍上，趁势昂声答道："我管他里头住的谁啊？住的不是神佛菩萨比丘沙弥么？怎么还住着个酒徒呢？"

"你不要命啦？"对方终于也高声制止，有些迫不及待要打发人赶快离去似的又转低声："是大阿哥！奉旨专为查贿案来的！惊动了銮驾，我看你拿儿顶脑袋来赎！"言罢不停地倒挥指掌，意思很明白：这是劝人逃命去。

正待回身，厚重的山门又“咿呀”一声开了，老太监勉强钻出半顶脑袋来，一脸苍白灰败，额角上还渗着一颗颗晶晶莹莹的汗珠，道：“我跟你说这些是为你好！上意不可测，你可千千万万别把我说的给张扬出去啊！”交代完，一缩头，门又立刻关上了。

郝廉生所想要知道的情报也足够了，登时回县，径诣抚署，向和舜武回禀所得。和舜武还是心有不惬，追问道：“查谁的贿案呢？还有，‘上意’不可测，说的不是皇上么？可来的不是大阿哥么？”

郝廉生虽属下僚，直觉到事不关已，反而冷静得多，遂道：“抚台大人，不论查谁，到了祥符县而不向抚台衙门问讯，断非好音哪！至于这‘上意’么——”

“‘上意’怎地？”

“单凭这两字，就断断乎可知：来的还真是大阿哥。”郝廉生说。

和舜武转念一沉吟：可不？正因为来人所衔者乃是事机极密的钦命，为了完差，自然要实心办事；但是也正因“上意”不可测，连大阿哥都不知道自己身边或身后是不是会有另一拨儿瞷伺的人。深玩此一时脱口之言，老太监情急之下迸出“上意不可测”之语，反而显示了一个背景：“上意”之中有一点是可以测得出来的：不惜让大阿哥都觉得风声鹤唳，则意味着皇上非要查出那行贿之人的真赃实据不可。

到了第二天一大清早，但见自巡抚以下阖省司道府员乃至于首县县令穿戴得整整齐齐，仆马舆从具备，一片光鲜，如临盛典。这行列森严，部曲讲究，真还如同前朝乾隆爷下江南之际自京师南下那一路之上的风光，要说有什么不同，就是诸官吏僚员脸上的表情了——这一回，好像人人都担着极大的心思似的；这心思，最窝囊的是没有谁知道：来请见大阿哥有罪过呢，抑或不来请见有罪过？可无论是什么人上前叩门，皆无响应，但闻大门之中、庭院之内一片鞭扑、哀嚎之声。那哀嚎的声音柔细如蚊蚋，又似老媪，听口音，似乎正是前两日出门沽酒的老太监。不多时，鞭声停了，喊声也戛然而止，接着是一人厉声呼喝道：“找条活水给扔了去！”

又过了片刻，山门照旧“咿呀”一声开了，这回开得比前两天稍稍大了些，里头出来两名劲装侍卫，一人拖着一条腿——仰面而出、浑身一片狼藉血污的人挛屈佝偻，郝廉生一望而知：就是那个老太监。守着抚道大员的面，活活将人打死，这——除了大阿哥，谁有这个胆呢？可那二侍卫抬眼瞥了瞥众人，如浑然不见一物，将尸身扔上一匹骡子，另一人策马过来，牵了骡口的缰绳，扬长而去。

这一个进门时颇不寻常——似乎不必遮遮掩掩了，索性刻意将山门大推一开，门外诸人趁此向里一瞄，有人吓得尿湿了裤子：里头满地血迹不说，有那身着羽林军服的壮士正在泼水清洗，似乎也不避讳有人观看，再往里，站着一排身罩黄马褂、头戴珊瑚冠、帽后孔雀翎的大员，其中一个生得十分体面，天庭饱满，地阁方圆，须髯极美，看上去就仿佛画上走出来的神仙一般，这人站在庭院深处，身旁即是石阶，石阶尽处自然就是大雄宝殿了，此际殿外廊庑之下设了一把金漆交椅，璀璨光明，简直令人不敢逼视，金交椅里端端严严坐着个华服少年，正微微偏着头、交代着什么事情。身穿黄马褂的大臣远远地看这厢巡抚已经跨门而入了，似乎没有阻止之意，反而举起了左手，像是示意这和舜武依他手势行事的样子。和舜武立刻扑身跪了，缓缓膝行而前，才没几步，又教那穿黄马褂的抬手止住，朗声说道："爷在这儿了，可以行礼了。"

和舜武连忙向后退出，重新集聚了行列，簇拥着再进了山门，跪叩一番，穿黄马褂的紧接着说："地方官吏都辛苦了，都回去了罢。"

这时，金交椅上的少年忽然说了句什么，接着打了个呵欠，穿黄马褂的又道：“爷明日回京，诸位不必再来了。”说到这儿，朝和舜武一点头，意思仿佛是：你可以领着人滚蛋了。

和舜武二话不敢说，连滚带爬地离了法门寺，回到祥符县城里，赶紧召集商民之豪富者，齐集衙署。主宾纷纷坐定，并不见礼，和舜武看一眼众人，开门见山地说：“尽一日之内，可以筹到多少金子？”

问金不问银，自然有学问在里面。其一是银两为官银，明白纳银孝敬大阿哥，既不合法制，也有点儿滑稽——有哪个家奴能够将家中器物捧了奉送家主人为贽敬的呢？再一说：为数不多，非但不算孝敬，反而是难堪了；但庞大的白银，你教大阿哥如何载运回京呢？明白招摇过市，看见的说大阿哥出京搜刮银子去了，这像话么？

如果是金子，就很不同了。金价在明、清之间，有起无伏，其间的确有很大的落差。明洪武八年造“大明宝钞”，每钞一贯千文，折银一两，四贯易黄金一两。洪武十八年有了第一次变动，金一两可换银五两。到永乐十一年，金价二度起涨，一两金可换银七两五钱。到崇祯末年，金价一路腾贵，差不多要十两银子才换得了一两金子了。入清之后，一直维持在十多两银换一两金这个价位，乾隆时金价陡地又长了一番，最贵可以到二十好几两银子换一两金子。嘉庆、道光年间，金价至少维持在十八九到二十换一之间。同样的价值，体积、重量差了十几、二十倍，价值感自然非常不同。

其实和舜武打的主意就是大家凑一凑，包满一整箱黄金，号曰万两，一车装行，既简便不惹人耳目，也很算尽到了礼数。

一个叫刘之丰的说："多给个两天，要几万两都不难。只一天，就不容易凑了——这黄金不比白镪，白镪到处都是，无论要多少，即便是一日，也凑得来；可大人只给一日，又限黄金，这——"

另一个是开古董铺子的田安柱——此人日后大大有名，曾经以私人之资雇请了一批（据说是盗匪出身的）江湖人物，请这批人打从太平天国诸王手中盗宝，使许多流传了上千年的古器物免于兵燹、得到保全。这田安柱当场拿出一块玛瑙来——据说光这一块就有千两银子以上的时价，说："我捐这块玛瑙！"

刘之丰身边还有个漕帮里的舵主，资望高、家道殷实，很有些个人望，此人姓卢，单名一个鼎字；在祥符县，身上没有官服的人里，就他一说话，大小事都算是定局了。此际他看一眼田安柱，说：“大阿哥不少这块玛瑙罢？”这话明白着是损，可也的确指出了症结所在：大阿哥要什么没有？这种胃口不是给多给少才够的问题，而是怎么给才不失礼？零着募，什么值钱的玩意儿募不来？可募来了，东一片宝石、西一枚金珠，离离落落，倒像是在打发要饭的。卢鼎的片言提醒要紧，众人一时噤声不语，都在想着。

就在这个时候，一个下城坊的吴颐文说了话了——此人是地头上的一张“老面皮”，世代干的就是富贵、皮肉两窑子的营生，不算什么高尚人，也没有说话的资格。可县太爷郝廉生找了这等人物来，自有他的用意。一听到这儿，他大概明白了诸位贵人的困境：时间太短，数额太大；要募得多，就募不齐洁，要募得齐洁，就凑不上数。

“花姑娘的东西嫌弃不嫌弃？”吴颐文低声问。

“你自凡是拿得出来，谁敢嫌弃？”另一个不知什么人说。

“那好！我有。”吴颐文终于找到个可以出头的机会了，有如富贵窑子里出“豹子”那样声震屋瓦地喊了一嗓子。

原来当年有个十二岁出师的清倌人，能弹弦子兼唱曲儿，还能与那些个喜欢附庸风雅的文人、官爷填填词、谱谱新歌、打个诗钟什么的，色殊有才艺，当然自视甚高，不肯轻易许人。

有一回，清倌人看上了个才貌兼备的小郎君，才点上大蜡烛，不料这小郎君原本是有妻室的，两个人假凤虚凰做了一个多月，终于被元配带人一路打了来，将小郎君押回家去不说，还把这多情的花姑娘打了一顿，额头中间留下了个伤疤，远看似愁眉，近看更觉心事一股脑儿打从眉眼之间浮出，从此惹人疼惜怜爱的程度，更十百倍于前，号“愁仙子”。

愁仙子从此不愁生意，而且断了情念，生意便益发做得专业了。她有一个斗柜，分好几层儿，金饰的归一层、玉器的归一层、带针带钩的归一层、成条成块儿的也各有区分。客人去了，有什么赏赉，她随手拉开斗屉，向里一扔，还听得见空屉回响，可见寂寞。直到有一年这花姑娘忽然病死了，老鸨子才道出真情：那姑娘生平所储贮的奇珍异宝，价值不菲，尤其是金子，早就倩工秘密镕铸，给烧成一方大金砖，就镇在那花姑娘生前睡的床底下。

有宵小曾经试着想把这床搬开，将金块挖出来，每试一回手，都要断送一条性命，有攀墙折断了脖颈的，有搬床扭断了腰身的，还有一人死得最称离奇，他只是经过这愁仙子的窗下，就莫名其妙地气痰上涌、窒息而死。仵作一验，颈间渐渐浮起一条红痕，老鸨子一看，不觉掉下泪来：死者真是冤枉，他只不过长得太像当年那没有肩膀的小郎君了。

就因为阴灵太凶毒，多少年过去，都没有谁敢造次，把那块大金砖挖出来，这倒反而成了下城坊曲院红楼的一个话柄。一块跟床一样大的大金砖，保佑姑娘们勿为情所迷、勿为意所迁——毕竟，男人有了钱一定会变坏，女人变坏了一定会有钱。吴颐文的建议就是将这大金砖献了，值多少，再慢慢儿跟鸨母算账。金砖挖出来，有寻常一口棺材般长宽，其实厚度仅约寸半，也足教人咋舌不已了。

第二天黎明之前，自巡抚以下阖省司道府员乃至于首县县令穿戴得整整齐齐，仆马舆从具备，一片光鲜，如临盛典。这行列森严，部曲讲究，真还如同前朝乾隆爷下江南之际自京师南下那一路之上的风光。要说跟前一日又有什么不同，就是终于等到这法门寺开山门的一刹那，众官员齐齐拜倒，充满了奋发图强的精神、充满了伺候得体的自信。那一块大金砖已经连夜运入寺中，至于谁收的？怎么收的？收到之后有些什么允诺？照说这大阿哥离开之前一定会有交代，起码也会给个暗示。

这时但见寺中缓缓催出些马匹、骡驴，各自套齐车具，旁观众人只能纷纷猜测：愁仙子那一块少说也有个万把两重的金砖究竟放在哪一辆车上？到末了，大伙儿都等得不耐烦了，才猛里看见前日那穿黄马褂的大官儿从行伍前头策马回头，递给和舜武一个红签黄皮纸封儿，低声道："爷有亲笔谢帖，当着人不要看，家去拆了细读意旨！"

和舜武奉命唯唯，只见这几十口子人马忽焉就滚进了漫天扑地的埃尘之中，其神骏秀雅兼挺拔，果真是皇室风范。为之赞叹了不到一个时辰，巡抚衙门里传来一声惨厉的吼叫——是和舜武，他恭恭敬敬地打开上头写明"谕　河南巡抚　和"字样的纸封儿，发现里头歪歪斜斜写着两个大字、三个小字："领谢　插天飞"。

你说，县太爷该怎么办？

拾陆·潘鼓皮·薄幸品

有个农家子，姓潘，叫鼓皮，自幼体弱多病，眼看不是个能挑起一家农事的料儿，潘家父母就盘算着：这鼓皮有朝一日是要成家的，遇上田里多事，应付不过来，一家都得饿死。不如送他到市里跟着他开药铺的叔叔学做生意，这厢合计定了，第二天就把鼓皮拉到市里去了，这年鼓皮才十二岁。

鼓皮的叔叔叫潘二，也是从小跟着师傅学抓药，二十年辛苦不寻常，才出了师，勉强凑了点儿本钱，自己开得一爿药铺。潘二喜欢喝酒，每日里都会打发鼓皮上对门儿丁屠户家沽酒。丁屠户每天天不亮就要出门杀猪去，得到近傍晚时分才回家，还在自家楼底经营起另一门沽酒的生意。两份勾当，日子过得自然宽裕，不几年就讨了房一十六岁的媳妇，比丁屠户整整小了十八九，貌美如花，为人也精明干练，沽酒生意将与她来做，在柜上打点出纳，风情万种，几年下来，丁屠户就很有几分发迹变泰之相了。

丁屠户的媳妇儿人称“忍娘”，花不溜丢个女掌柜，怎么叫“忍娘”呢？据那给取这诨号的周大麻皮说：这里头是好几个意思。一个说的是她年少有风致，却嫁给丁屠户那般愚鲁粗伧的汉子，不着一个“忍”字奈何？二一个说的是上门打酒的主顾见着她，无不目眩神驰，水酒未及下肚，简直已经醉了，要想不风言风语的挑一挑她，还真得有一番按捺隐忍的功夫。这三一个说的便是忍娘的身子了——别说忍娘面如玉、肤如脂、体态婀娜、韵致娉婷，一身饱满晶莹的水劲儿，望之便是个能生育的丰满之相，可自从下嫁丁屠户三年之间，竟连一点儿消息也没有；这忍着不生，也是“忍娘”之称的一番意思了。周大麻皮是个卖烧饼的，可这个诨号取得得意，因为人人都跟着他喊“忍娘”。

且说药铺鼓皮这孩子日日前去沽酒，也随着街坊们唤“忍娘”，忍娘不但不以为意——兴许是鼓皮生得唇红齿白，人也伶俐可爱的缘故——还与这孩子颇为投契。鼓皮来沽酒时，总多打几合与他。这样往来，忽忽就过了几年。鼓皮长到十六七岁上，长身玉立，是个模样俊俏的小伙儿了。潘二还没喝死，依旧让鼓皮日日前去沽酒。

这一日药铺无事，到了未时前后，潘二身上的酒虫就闹祟起来，嘱咐店伙“上门”，又唤鼓皮到对面儿“打几升回来”。鼓皮到对门儿上，交发了酒钱，那忍娘接过钱，却猛地捏住了鼓皮的袖口，低声道：“你知道我喜欢你么？”

鼓皮微知其意，点了点头。忍娘又道：“那你怎么报答忍娘？”鼓皮摇了摇头，道：“不知道。”忍娘笑了，松开手，接着使嘴唇儿朝酒壶努了努，道：“搁下就过来。”鼓皮回身过街，踅进后屋，不动声色地将酒壶撇下，同潘二请过晚安，晃晃悠悠又做了些平日本分的拾掇打扫之事。见店伙儿们都散了，才又晃晃悠悠踱步出门，一抬眼，果然望见对门儿楼上一抹红裙掠影，忍娘的脸没现，一只白皙柔嫩的玉手向他这厢招了那么一下。鼓皮气定神闲地迈步过街，见酒肆店门是关上的，近前一推，门扇却倒是虚掩着的。他进去，门闩喀拢拢几声，闩上了。（以下删去许多字）

是后，但凡遇着丁屠户出门，而药铺又闲散无聊之际，忍娘同鼓皮两下里一楼一底、隔街以眼色示意，遂时时得以互通款曲。从这厢去至那厢，楼上早已备下了助兴的酒食，调笑春风，酣畅淋漓，这般嬉闹狎戏，不过在咫尺之外的街头熙来攘往之人，竟无知之者。如此一晃眼，几年光阴也就过去了。

这一天正逢中秋，药铺是不下门的，店伙儿们商议着夜晚出城郊赏月，也邀了鼓皮同往。不意行至中途，忽然天降大雨，店伙儿们一哄而散。鼓皮还是那么个德行——晃晃悠悠地踱回来，已经晚了。才到门首，发现铺门扃锁，想打门，又怕扰了潘二，要受责骂；正百般无计之间，回头却瞥见对过楼上的忍娘开了窗，朝他一笑，昂了昂下巴。鼓皮见四下无人，压低了嗓子问道：“屠户不在么？”忍娘摇摇头：“下乡买猪去了。”下乡是趟远路，屠户赶着大中秋出门，当然有他的道理：过节下，乡里人打从一大早就喝喇嘛了，不大有谁愿意花精神讨价还价，于是逢着秋节，屠户总趁上半夜出门，赶到乡里挑了牲口，喝他半夜的酒，回程正是天蒙蒙亮的时分，到集里杀了猪，温肉鲜血，一早就打发完生意，再回家睡它个一昼夜。这算计却给了鼓皮和忍娘小两口儿一个密戏终夜的机会。不消说，鼓皮晃过街去，推门而入，门闩又喀拢拢地闩上了。

可别说事儿有多么活该——路上碰着了一场大雨，丁屠户人已经到了乡界，可盘算盘算脚程，去至卖家已经得晚，这雨要是一路下到天明，他还得顶雨踏泥地把牲口赶回市上，想想太辛苦，不如回头。这一下可好，楼上一双人物正睡得一枕香甜，楼下打起门来了。鼓皮可吓坏了，还没想出个什么应付的法子来，忍娘却道：“不慌！屠户在，这屋里向不掌灯，你且藏到门后头，待我把屠户服侍上床，他一趴下，我便替他揉背，你听声儿闪出门去，下楼出了大门就没事了。”

那丁屠户不是什么乖觉的人，果然一进门儿就吵嚷着乏了、累了，忍娘搀扶着上楼，底下大门儿照例虚掩起来。待屠户一上床，鼓皮便闪出身去，算是逃过了一劫。可就算出了那厢的门儿，还是进不了这厢的门儿。无奈之余，只得将就着在屋檐底下站着，想是捱到了天明，有其他的店伙儿来下门时，便可以溜回去了。且看檐前滴雨打头，益发凄冷不说，鼓皮叫这雨水一浇淋，突然想起来：唉呀！方才走得匆忙，自己的那顶帽子还搁在忍娘的床头呢；这——就算捱过一夜，到黎明之后，天光大亮，丁屠户再怎么瞎，也定然看得见那顶帽子呀！

正踌躇着，眼前一亮，对过楼上红影一抹，衣袂飘然，是那忍娘又从窗口向他摆手了。看光景，她的意思是丁屠户已经睡下了。鼓皮连忙指指自己的脑袋，又指指对面儿的楼窗，再招了招双掌，继之，又用两根食指朝地下狠狠比了比——意思不外是说：我的帽子在你楼上，你快扔下来给我。忍娘蹙着眉，约略想了想，道声：“好罢！”回身便去了。

不过是拾一顶帽子，忍娘却去了老半天。鼓皮等得都有些不耐烦了，猛可听见“豁浪”一声响，对面儿楼下的大门儿却大大敞开，一身鲜红的忍娘居然出现在门口，朝他招起手来了。“屠户不是还睡着么？你招我做啥？”鼓皮一面上前，一面问道。

“已经杀了！”忍娘轻声答道。

“怎么？”鼓皮大惊失色：“你、你、杀了人？你怎么杀人呢？”

“咦？不是你方才比手势叫我杀的么？还问个啥呢？”

俩人抢忙拴上门，掌了灯，一前一后上楼入室，果然看见丁屠户横尸在床，满地血污狼藉，屠户的喉咙上剖开一条约莫有筷子长的口子，还汩汩漉漉不住地朝外淌着充气的血泡儿呢。鼓皮回头寻思片刻，问道：“你用什么刀给刺了那么大个口子？”

“不就屠刀么？”

“刀呢？”

“搁床底下了。”

鼓皮小心翼翼地绕过地上的血迹，就着灯光寻出那把屠刀，回身使劲儿一攮，把屠刀就送进了忍娘的心窝。随即翻手取了帽子，下楼吹灯，觑一觑四下悄无人迹，便将大门虚虚带掩，转身踅出长街，一路径往乡里晃晃悠悠地走去。直到下半夜，才回到了父母的家。家人问其迟来情故，就说是中秋赏月遇雨，应付过去。这一趟，索性就在家里待了下来。

且说左邻右舍都认识的周大麻皮。此人就是给丁屠户他媳妇儿起了个“忍娘”诨号的棍痞。此痞不善饮，人也极悭吝，自然不会上门沽酒，可一旦经过屠户的门，总要张望一番、调笑几声，算是过足了小人的瘾头。中秋次日一大早，周大麻皮荷担出门，见丁屠户的门是敞开的，内中并无人声，他细细一回思：昨日向晚时分，曾见丁屠户出门，定是下乡买猪去了——可周大麻皮并没有瞧见丁屠户夜间又回家的一节——于是心头暗喜：想忍娘那尤物应该尚未起床，屠户不到晌午不回，我何不悄悄上楼去挑挑她的风情呢？万一此姝对我也早有情意，当下一拍即合，这好事说不定还可以长长久久地干下去呢？想着想着，便推开了门，放下烧饼挑子，信步登楼，再按开房门一看——可了不得了！屠户死在床上，忍娘死在地上，周大麻皮的一双脚丫子还不知道是踩在谁的血里呢。这一惊非同小可，只见这周大麻皮三步并做两步，迤逦歪斜、格登噗喳冲下楼去，抓起烧饼担子便朝家奔。棍痞毕竟是棍痞，没留神他在丁屠户大门儿里留下了好几个烧饼，还有不多不少、恰恰可以沿路铺到他家门口的百十个血脚印儿。

周大麻皮是在正中午时分给揪进官里去的，不胜鞭扑棰挞，黄昏之前就屈打成招了。过了几天，鼓皮从乡下回到市里，店伙儿们纷纷告以这段新闻，大意是说：周大麻皮因奸未遂，杀害了丁屠户夫妻，刑讯已毕，也已然报到京里，只待刑部定夺回文一到，兴许在不日之内便要就地正法的。

岂料鼓皮闻言之下，微微一蹙双眉，道："这事儿是我干的，怎么牵出大麻皮个东西来了呢？"潘二一听这话，心想必有蹊跷。连忙上前捂嘴，道："休得胡说八道！"鼓皮却抗声应道："这就不是我原先想的了。"

说罢，鼓皮晃晃悠悠径往县衙而去，来到六扇门前，挝鼓而鸣之，把事情的原委都向县太爷说了个明白，请太爷放了那周大麻皮。县太爷问道："你不怕死么？"鼓皮道："死，有谁不怕呢？""那么你为什么还要出首认案呢？"鼓皮道："怎好攀个不相干的人呢？那麻皮不也怕死吗？"

你说，县太爷该怎么办？

这一回你们都瞧见了，
不是人肉罢？

拾柒 · 狮子头 · 褊急品

外地来了个担酱油的孩子，从前来过一回的，往后怕是再也不会来了。赤桑镇的人哄传：那孩子教屈药师给吃了。屈药师为什么吃人？怎么吃的人？谁也说不上来。兴许是有人先这么说，问起屈药师来，他一瞪眼，道："饿了不就吃了？"这事是得报官的，可碍着是屈药师，谁也不敢作声。地保也说："这是闹俚戏、开玩笑，别胡扯扒蛋！"

按诸常理，卤一大锅肉，是得开销不少酱油的不是？酱油挑子一担两箩还搁在土地庙前的桑树根儿里，这是仅有的微弱反证——都说要是屈药师吃了那孩子，怎么箩里的酱油都还收存完妥、一瓶儿没少，也都没开封栓？地保就是这么说的。

屈药师倒浑不在意，一切如常。成天价腰里别着鹤嘴锄，背上捆了黄藤筐，早出晚归地上山里采药去，采罢了，就回他那石洞。洞里头两锅一灶，有时煮草药，有时煮黄粱，是香是臭，人人体会不尽相同。总之那气味儿非比寻常，飘散出十里地去，连乌淮镇都闻得着，也还是有说香的、有说臭的。久而久之，都知道这是屈药师洞里的营生，没什么好计较的，谁有个头疼脑热的，不也还是得上他那儿去求诊治？尤其是金创药，屈药师熬炼了一剂粉子，没别的名堂，就叫白药，能止血收脓、消肿去瘀，即令是让毒蛇咬着了，一旦敷上那白药，半天之内就许下田干活儿。白药也分两款，外敷的性凉，没什么气味，叫凉白药；内服的性温，可以醒酒止痢，透着一股特别的香味儿，像是奶娃儿身上的气息，就叫奶白药。单凭这两款白药，谁也不敢开罪屈药师。他吃了个野孩子算啥？就算是刨开了哪家的祖坟，把谁的祖宗爷爷娘给吃了，也没有人会追究的罢？

吃了个外地的孩子这事，最初也是从气味上传开的。闲言闲语正议论着土地庙前空着一担两箩的时候，不知是谁迸出这么句：“屈药师昨儿烧肉来，香着哪！”——应该就是这么个来历。

那一担两箩就这么在桑树底下搁了个把月，不忍糟践东西的乡人里总有起头儿的，有人拾了一瓶儿回家，眼尖的看出来少了一瓶儿，随后跟着拾。接着就快了，不到两天，酱油瓶儿都跟那孩子似的，没了影儿。剩下的扁担和绳箩还在原处，又搁了几天，不知是谁嫌那物事碍眼，也搬回家善加利用了。

照说此事就算烟消云散，谁会提起？要有说的，顶多就是那走通海、江川的说书人。说书的每到季节更替之际，总会打赤桑、乌淮两镇之间经过，来一回，便在闲空无事的田里拉开场子说三天的故事，赚半袋米，几两油，三顿老酒，百十个青蚨钱。他开春儿来，听说了担酱油的孩子叫屈药师给吃了的事；不知怎么琢磨的，到夏天里再回来，故事就添加了一个药师段子。说他吃了个童男，得道证果，成了飞仙，听得众乡人一阵欢喜，屈药师也跟着乐，不时捋着一部灰黄的虬髯，点头微笑，像是接受了说书的祝福似的。

待秋后再来，说书的这一回改了本子，说的是个剑客。据说通海、江川一线之间出了个剑客。这剑客原本是个孤儿，经哀牢山哀牢老祖收在门下为徒，苦练剑术，一十八年而成天下无敌之艺，辞师下山，领受老祖一诀，要“踏遍人间不平事”。这剑客一身青衫，背上挎着白虹剑，孤身一人踹翻了滇南十万大山三十六洞七十二寨的匪寇，尽发盗产，散济黎民。

其中尤其是说到了剑客的功夫，可是别开生面——话说那一柄白虹剑能在百丈之外取人性命，这还不足为奇；奇的是杀人的细节，历历在目。且看那剑锋迢递而来、倏忽而去，所过之处飞沙走石，惊涛骇浪，捱着剑的人浑似无事，还能走上几步，教风一吹，衣衫尽碎如烟灰，低头再一瞧，这才发现胸腹之上直愣愣画下了千百条口子，一膛皮肉便有如垂丝帘子似的全开了绽，里头五脏六腑全露馅儿了。

这个故事破了例，一连说了五天，说书的走时扛了一大袋子的米，醉步踉跄，直说下回早来晚走，还可以留下来喝腊八粥。众人之中，大约只屈药师听着无趣，直说不如上回的飞仙有意思。

可立冬之后，小雪也过了，大雪也过了，即便是盼到了开春，说书的总不来。谷雨之前几天，天不亮，乌淮镇来了个查木匠，径至屈药师洞前喊人，屈药师一身采药的装束刚打理齐整，正准备上山，查木匠道："药师，那说书的夜来上我那儿打门，一身硬伤，看是不成了，你得跟我走一趟。"屈药师眨巴眨巴眼珠子，瞧了瞧木匠腰里的短斧，道："既然不成了，就是你的活儿了，找我有什么用处？"

"就知道你有这话——说书的千交代、万嘱咐，直道：能来他滚着爬着也就来了。确乎是来不了，他才央着我给捎个信儿，说是非请您走一趟不可。事关乌淮、赤桑两镇千把口子老百姓的性命。"

屈药师回神想了想，一边卸下黄藤筐，一边摘了鹤嘴锄，虾腰提拎起他那药箱子，沉声道："我可先说下：人要是没治，我扭头就走。"

有治没治一眼就看出来了。说书的浑身散发着一股子和酸混臭的屎尿味儿，躺在一块刚楔上榫子的棺材板上，人变得长了许多，一看就知道是教什么硬力道给扯的，浑身上下自凡是直里的骨节儿全松脱开来，皮肉泛黑，九成是瘀血漫涣所致，眼皮儿耷拉着，嘴里鼻里微微还有一丝半缕的气息，分不清是出的是进的。屈药师指了指旁边儿那口空棺，对查木匠说：“得！你把他往那里头晾着罢，我就告辞了。”

闻听有人言语，说书的猛可一睁眼，强撑着道：“是药师来了么？”

“阎王还近点儿呢！”屈药师说。

说书的扬了扬嘴角，算是苦苦笑了个意思，徐徐道：“我是在绿杨村遭的道儿，好在村儿里有打这儿去的爷，借了头老驴，把我给扛来了。我在路上还一劲儿跟那驴说：好不好你上赤桑镇拐一拐，我有事儿同屈药师交代，可那驴不听使唤，这就耽误了十里地你瞧。”

屈药师一听说书的话里的意思似乎不是求诊疗伤，倒觉得蹊跷起来，道：“依我看，你这伤是头年儿里就落下的，怎么不就地找个医道给看看？”

说书的瞑了瞑眼，想举起手来，却只动了动手指头，才道："没人敢给治啊。腊月里还兴拄着拐走动走动，开了年儿就坐不起身来了，村里是有慈悲人，说好了替我收尸的，可我成天价躺着，越琢磨就越觉出不对劲儿来，待想通了，连爬也爬不动了。"

查木匠倒是挺捧场，登时应声问道："你琢磨出什么来？"

"记不记得上回我到这儿来，说了个哀劳山剑客的段子？"

"是是是！"查木匠眸光一亮，连珠炮也似地抢白道："哀牢山哀牢老祖门下一徒，苦练剑术，一十八年辞师下山，领受老祖一诀，'踏遍人间不平事'，成了一代的剑客，此人一身青衫，背上挎着白虹剑，孤身一人踹翻了滇南十万大山三十六洞七十二寨的匪寇，尽发盗产，散济黎民。"

"不怎么地，"屈药师淡然道："不如飞仙的段子有意思。"

说书的叹了口长气儿，道："不过就是个段子呗？可得罪了人。那一日在紫罗湾说这段儿，说罢了散，散罢了有一个人不走，黑灯瞎火的我看不甚清、辨不甚明，问他有什么事儿，来人说：'十万大山三十一洞、六十三寨是个实数，你说有三十六洞、七十二寨，那么额外五洞九寨的匪寇究竟在什么地方？’我本当直说了：咱们这一行是说闲道故、巷议街谈，说书的我东家听来西家播弄，夜里梦见醒时摆布，乡间传说市上兜售，城里风闻渡头捣故——不就是这么个转手贸易么？何必认真呢？可当日说的得意，一时不能退兴，他这么问，我偏就指点了他四方八面儿的几个去处。那人听罢一抱拳，道了声：‘多谢指教！’一回身，人就走了。我两眼一花——可了不得了，但见此人背后挎着一柄五尺长剑，借着云里透出来那么点儿月光，闪闪萤萤、萤萤闪闪，夺目耀眼，直似透日长虹的一般——正是那白虹剑。”

“他、他、他就是那哀牢山的剑客？”查木匠惊得一吐舌头。

说书的毕竟是说书的，不说话简直就是个死人了，一旦说起话来，半口残气儿老在嘴里漱进漱出，居然端的生龙活虎起来：“之后我再上各处说书，滋味儿就不对了。在黄花坞，我正说着这剑客的故事呢，忽然场上一阵祟乱，那祟乱之人给扭住、轰跑了，我也不曾理会；事后才明白：那人有亲眷在白纻汀，无缘无故教一个路客给杀了，那路客杀了可不止一人，居然屠了大半个寨子的丁口，行前血书擘窠大字：‘踏遍人间不平事’。白纻汀，正是昔日我在紫罗湾指点那剑客的一个去处。”

“这——”屈药师沉吟道：“枉杀如此，你的罪孽岂不深重？”

“之后我上绿杨村，不敢再说那剑客的故事，便改说些旧套，不料说罢了散、散罢了有一人不走，黑灯瞎火的我看不甚清、辨不甚明，问他有什么事儿，那人说：‘你说的这吃了个孩子的飞仙，竟在何处？’我可吓得登时就尿湿了裤子，不敢说，也不敢不说，只好又诌了个遥遥迢迢的所在，他听罢一抱拳，道了声：‘多谢指教！’一回身，背后还是那一柄五尺长剑，闪闪萤萤、萤萤闪闪，夺目耀眼——正是那白虹剑。”

“那么你身上的伤？”查木匠小心翼翼地问：“是那剑客给打的？”

“我胡乱编派的五洞九寨，虽说没有盗匪，可多是有人居止的，教这剑客去踏遍不平了一阵儿，冤送了不少性命。你们想呗：人总是有故旧戚友的，这些苦主撺串到一块儿，暗暗跟着这剑客，想找个间隙杀他报仇，怎奈他本领高强，一直下不了手，可在绿杨村儿撞上我，还听见我指点他去访吃人之人，那可就饶不得我啦！把我扛进田里，肩膀、肘子、腰腿、膊拉盖儿、腕子、踝子都扯绳扯索、捆上了犁架，南北东西四方各着一鞭——得，我就成了这模样儿了。”

屈药师接着道：“你找了我来，说事关乌淮、赤桑两镇千把口子老百姓的性命，我不明白。”

说书的冷冷一哼，道：“莫说你吃了那孩子没有，自凡那剑客认准你吃了，套句你老的话——‘阎王还近点儿呢！’你一条命冤不冤亦不打紧，倒是乌淮、赤桑两镇千把口子日后怕是找不着个医道了。”

“你倒还有几分良心。”

“良心是个屁，毕竟也是一张利嘴，葬送了多少条性命。”说书的像是一眼看透了屈药师的居心，道：“你要是没吃那孩子，就说没吃；万一那剑客有朝一日还是从旁处风闻了什么，找上门来，你徒逞着一张硬嘴，枉送性命不说，还连累了往后的病家。”说到这儿，说书的仿佛还是不甘心，勉强撑足一口气儿，上半身像块板儿似的弹坐起来，额头、脸上冒出一颗颗只在夏日干田里活儿的时候才流得出来的蚕豆大的汗珠：“你要是冤枉的，就说是冤枉的，不成么？”

“有什么冤枉好说？饿极了不真会吃么？”屈药师脸上没有一丝表情，就是这表情，他算是替说书的送了终。

清明之日，丝雨无边，屈药师没入山，剑客倒寻了来，劈头问他："听说你吃了个孩子？"

"我听说了好几回了。"

"有这回事没有？"

"告诉你我是听说过好几回了——是有这么个说法儿。"

"我问你你吃了人家孩子没有？"

屈药师还是那话："饿了不就吃了？"

剑客似乎也为等着他说这话而来，当下缓缓抽出背上鞘中的长剑，道："又是一桩人间不平之事，幸得某见之，乃有一平！"

不料这手无寸铁、身无技击之术的屈药师却没有一丝一毫胆怯之意，只一如平素应对进退的一般，道："你'幸得见之'？你'见'了个什么来？"

剑客闻言忽一愣，低眉一转念，自己的确什么也没看见。

屈药师接着径自打点起一旁缸里的白药来。他用大小两个木杓分别舀动着细如埃尘的粉末，向缸口半空一两尺之处扬洒，任其飘落，这时他身后灶上的锅里正冒出一滚一阵浓密的青烟，烟雾迷茫，飘来渗入了白药粉末，看上去青烟随之落入缸中，再经木杓舀起，仿佛这就是一种入药的程序了。他干得起劲，剑客一柄剑高高举起，竟不知该刺、该劈。他又问了一声：

“你到底儿吃了那孩子没有？”

烟霭迷茫之中，屈药师笑了，道：“那么你究竟‘见’了什么来？”说时放声大笑，几有不能自已之势。

剑客最后还是出手了，无论他之前错杀过多少人，可这是生平第一次，他挥剑之际完全明白他所杀的不是一个盗匪、一个吃人魔，却只是一个忍不住讥笑他的人；是这个人提醒了他：他从来没有看清楚他踏践的那些不平之事究竟不平何在？

这太令人愤怒了。不过剑客杀人如麻，当然知道该如何让自己不至于惴惴不安——他很会用剑，知道如何拿捏剑尖、剑锋用力的深浅，他并没有击伤屈药师的要害，甚或取他的性命。他只是把屈药师的脸上划开了无数上下直向的细条，使成缕缕之态。据传剑客临行之前留下的话是：“此后不管你吃啥，都得叫人看见！”在烟雾之中，他没发现屈药师已经伸手入缸，拿白药敷了脸，登时将血流止住了。

剑是好剑，药也是好药，这样两相取精用能，使屈药师换了一副面貌。他头脸上的百十根皮条始终没能愈合，就像垂布帘子似的，丝丝悬挂；也常让人想起狮子，尤其是起风的时候，皮条琳琅，偶或缠绕虬结，倒是个麻烦。对于自己的新长相，屈药师可以说没什么特别的感受。只有一回，当他走在黄泥街上嚼着什么药草的时候，一个不留神打个趔趄，嘴里的物事散落了一地，人们又是怕、又是笑，也不敢上前帮着捡。

他倒说得好：“这一回你们都瞧见了，不是人肉罢？”

情痴一度，终须再来；
再来何必？尽欢尽哀。

拾捌·菖蒲花·顽懦品

鸡鶒两两栖浦沙，
昨夜郎来眠妾家。
灭烛入门戴星去，
看郎一似菖蒲花。

菖蒲是一种多年生的水生草本植物，有一种特殊的香气，叶片狭长如剑，国人多知于端午之日取同艾叶扎束，悬诸门首，可以禳灾驱毒。菖蒲的根和茎可以入药，也不罕见。据说常服菖蒲能够益聪，增加记忆力。郦道元的《水经注·伊水》就说："石上菖蒲，一寸九节，为药最妙，服久化仙。"

菖蒲花就鲜有人提及了，因为淡黄色的花初夏时节开在茎的顶端，附着艰难，总易飘散，花期也不长，也很难进一步利用，有两句诗形容菖蒲花不像是从菖蒲上生出来的："万里飘摇黄贴处，教人错看说菖蒲。"细读这两句，再对照着文前那一首七绝，想清楚：一个灭烛之后才敢进门，而天上的星星仍兀自闪烁之际就已经匆匆离去的郎君，是个什么？可不就是菖蒲花一般的东西？

北宋大中祥符年间，京师东西两路应天府建为南京，治宋城。此地豪贵者极多，都是宗室弟子，同赵匡胤的嫡长子孙一系都是远房，只消不过问权力，干什么都跟皇帝差不太多。此处一双兄弟，一个叫赵应之、一个叫赵茂之，日日与一位人称吴小员外的浮浪子弟一同出游，不亦乐乎。

这一天逢着春暮，眼看即将入夏了，往后大约不容易再见着游人齐集、往来如织的场面了，于是更是恣意畅饮，此处饮罢他处坐，一行来到了金明池。此池在顺天门外街之北，不算大，周围约莫有九里三十步。是一个略现狭长形状的水景胜地。进了池门内南岸，往西走一百多步，就有面北的临水殿，再往西走一百多步，则是驰名南北的金明仙桥，桥尽头有面宽五间的宫殿建筑，正在池子的中心，殿里上上下下都是各式作场生意，有卖饮食的，有耍技艺的，也有说唱表演的。

吴小员外等三人随行随饮，来到仙桥殿时已经醉了，此时再与那些个浑身冒着臭汗的百姓摩肩接踵，实实不耐；教晚春急风一吹，三个人都有些烦恶起来，赵应之嚷着要回，赵茂之却指着池对过一条小径似的所在，道：“彼处看来既幽静，四围还有茂林偃翳，修竹衬托，倒是可以一访呀！”

三人遂雇了条小船，往那看似有小径处荡了去。舟程原本就不远，才两三篙子，已经可以望见从竹深处，居然还有酒帘儿迎风翻动的模样。一下船，小径果然在数丈开外，曲折不远正是酒肆三楹，花竹扶疏，器用罗陈，十分潇洒可爱。

当垆的是个髫龄少女，非但出落得冰肌玉肤、皓齿明眸，而且一颦一笑，都显露出无穷动人的韵致。三人落座呼酒，漫饮了数觥，吴小员外只是痴望着这少女，意思不免教赵氏兄弟看出来，赵应之随即低声对吴小员外说："请这姑娘前来侑觞佐酒何如？"

这话壮了吴小员外的胆子，又担心赵氏兄弟有夺爱之思，当即趋前，同这少女道："醪色极佳，风味十足，有美人遥迢相顾，却不能纵谈欢会，倒减了几分兴味——姑娘可以移座一叙乎？"

这少女低眉略一思索，居然就答应了。遂亲近执壶，时时与吴小员外四目相接，看似有了亲切的怜慕之情。这也是片刻间事——四人才饮了几盏，闲谈不过数语，但听得远处橹声碌碌，波动营营，这少女粉颊羞红，眉峰紧蹙，连忙起身，道："爷娘回来了！"

不多时，小径上簇簇拥拥走来一大伙子人，有男、有女、有老、有少；肩上挑着、手上提着的，有篮有篚，还有用零的香烛——少女说的是不假，人家非但爷娘回来了，连一大家子老小通统回来了。如此酒兴阑珊，三人随即付了酒钱，起身告辞了。

前文说过：到此已是暮春时节，此日方过，零雨即至，这雨绵绵延延下了十多天，再放晴之时，日头便显得酷烈起来。夏天已经到了，已经不再有先前那样春游的兴味和机会了。吴小员外想自己一个人再去，可转念一想：春游季节已过，再勉邀友朋相聚，出游之地又是先前黯然销魂之所，未免形迹太露了。于是隐忍着一份相思，即使见了赵氏兄弟，也刻意不去提起，赵氏兄弟偶尔想起来，用言语挑弄，吴小员外也故作不复记忆之状，只不过矜持了一张面皮。

好容易捱到了第二年初春，一开年儿，吴小员外便力邀赵氏兄弟春游，刻意还是选了金明池，过了仙桥，瞥见孤岛扁舟，故作惊忆前尘之貌："啊！我倒是想起来了！去年此时，你我春游到此，还觅访过一爿小小的酒肆，酒浆风雅，确乎非比寻常。"

旧地重访，有如崔护故事。正是"去年今日此门中，人面桃花相映红。人面不知何处去，桃花依旧笑春风"。三个少年一到那小小的酒肆之前，但看花木委顿、陈设萧然，门庭内外一片寥落索寞之气。酒浆还是卖着的，当垆的却是一个须发皆白的老者。三人还是叫打了壶酒，当门轩边坐下。吴小员外可是迫不及待了，忙问道："去年过此，似乎见过一名女子，怎么今日却不得见？"

那老者闻言叹了口气，深皱双眉道："那是我们老两口的女儿！去年清明，举家上坟去了，独留这小女在家；不料来了几个膏粱子弟纨绔儿，也不知是怎么调戏她的，居然挑唆着她侑觞佐酒。小老儿回家之后，曾经薄责了几句，质以'未嫁之身，而为此态，日后何以适人？'唉！不料、不料，小女便因之怏怏寡欢、抑郁成病，才几天就不食不睡而死了！"

三人闻言，一阵错愕，吴小员外尤其不能置信，道："好端端一个姑娘，怎么才几日就香消玉殒了？此事殊离奇、太蹊跷！"

"公子不信，小女的坟茔就在园中——"老者说着，抬手向侧面敞轩边儿一指，随指尖望去，可不是一枚小小的坟茔，茔前有短碑，上刻姓字。吴小员外失了神，起身直要向轩外行去，让赵应之一把拽住，偷朝老者歪歪嘴，使了个眼色，吴小员外才想起：方才这老者还在嗔怪"有几个膏粱子弟纨绔儿，也不知是怎么调戏她的，居然挑唆着她侑觞佐酒"，如今一旦形迹泄漏，难保这老者不揎拳扯褎地跟他们纠缠。于是谁也不敢再追问了。意绪无聊，却又得装作浑无惆怅的模样，好容易一壶饮尽，三人抢忙告辞。

此时春日过午，清风徐至，天气是好的，可吴小员外一路之上惨怛逾恒，赵应之和赵茂之也都不敢惊动，随他漫步；就这么忽东忽西、若载若失地走，从临水殿出金明池再走回顺天门外街，才数里之遥，居然太阳已经斜西了。就在三人即将作别之际，忽然青影恍忽，艳色逼人而来——面前巷弄口转出来一个小娇娘，体态丰盈，眉目姣好，动静间风姿绰约，可谓十分妩媚了，她正迎着吴小员外浅浅一笑，随即盈盈一拜——三人却都愣住了。

这不就是临水殿对岸竹林酒家里的那小娘子么？她出落得更标致了？她怎么会在城里呢？她不是死了么？

“你不是死了么？”吴小员外说时抢步上前，居然一把捉住了那姑娘的手，奇的是那姑娘的一双手微微透着些温热，也不躲闪挣扎，像是个知情感意的活人。

“小员外须是上家里去了？”姑娘仍旧微笑着道：“家父母便是这般说词，他二老浑怕吴小员外用情执拗，才设了个虚冢在园中，正是为着哄骗小员外你死心的。”

赵应之闻言，立即一拊掌，大笑道：“我当时便看出其中有诈！那老儿去岁明明见着了你我三人前去饮酒，今日却当着面说些什么‘有几个膏粱子弟纨绔儿’的话，分明刻意相讥，我可是一听就听出来了！”

这姑娘道出原委：原来去岁暮春一晤，她对吴小员外也是分外倾心，朝想夜梦，辗转思服，可吴小员外果真就不曾再来肆中光顾了。她不能吃、不能睡，自然是要闹出一场病来的。这病从夏末发起，历经一秋一冬，始终没什么起色，直到今岁正初，有个游方的道士，给开了一帖药，才渐渐地开心起来，病体渐渐痊可，胃口也慢慢儿有了，精神养得好些，这姑娘竟同她爹娘说：“药能治病，不能救命。女儿这一条命，是教那吴小员外牵着了，要得悬解，非求一见不可。”于是这姑娘居然大步趔趔奔出门外，叫来艄公，过了渡，一路奔进城里，典了身上的首饰，租了间临街的客舍小住，想春游人潮日日不空，熙攘去来，总能遇着。适才正在楼上顾盼，果然皇天不负苦心人，居然正逢吴小员外迎面而来。

想着应天府自开拓南京、治理宋城以来，居民行人不下八十万，能够再度相逢，岂非缘注？吴小员外乐得紧紧抓住这姑娘的一双手，道：“我也是不肯放你走的。”

“我叫云仙。”这姑娘抬起头，直勾着眼，丝毫不畏惧地看着她的情郎。

吴小员外随即登楼，当天开了斋，你侬我侬地快活似神仙就不烦细表了，还留下了不少秾艳多情的诗，其中一首姑且可以视之为急切求欢不遂、惹云仙忿啼的过程：

惆怅巫山一段云，

背人拂拭解绿裙。

惊风又向青鬟去，

却到眸边惹雾雰。

求欢不遂当然不是常态，吴小员外与赵氏兄弟在这种材料上的酬答之作只有两三首，皆以《闺帏一首酬应之（或茂之）兼示内》为题。

总而言之，吴小员外同云仙共赴阳台、播弄云雨的欢愉快乐是不在话下的。如此往来了大约有半年之久，谁也没有提到，甚至意识到婚配嫁娶、成家立业这般大事业。每日里小两口儿便呼朋引伴，晨昏以诗酒为戏，其间调琴看舞、试喉吟歌，似乎永无厌腻。

到了中秋之夕，吴小员外的父亲吴大员外居然亲自去至赵应之和赵茂之的宅邸门上投帖，说自己的儿子荒于读书作文不说，日日在外争逐酒色，甚至一连半月不见回家一趟，偶遇于途，则形容枯槁、颜色憔悴，吴大员外还转知了吴老员外的话说：“看气色，此子应须是闹了痨瘵，若是一病不起，吴老员外同吴小员外两口桐棺都会由吴大员外监押抬走，到赵府来拜望拜望！”话说得是够决绝，赵氏兄弟也把话带到了，可听不听得由着人的耳朵，说的嘴终归是无可奈何。

到了中秋这一夜，吴小员外挽着云仙出外赏月，云仙微感风寒逼人，说是不舒服，自先由服侍的丫鬟陪着回下处，且教吴小员外恣游一番。吴小员外才出承天门，当路迎过来一个道士，道：“你这后生身上鬼气甚盛，教给祟弄的时日不少了呀！怕是开了年儿就缠上的罢？”

吴小员外一惊，忙问缘故。道士似乎也十分焦急，顾不得两人还在通衢之上，众人之间，当下给把上脉，观想片时，叹道：“是要死了！是要死了！此鬼乃是天地情怨之气毕集荟萃所成，名曰‘痴尤’。我于去岁金明池后曾一见之，颇难得！”

“是、是是，正是金明池！”吴小员外随即交代了前情，问那道士：“可云仙对某之痴怜爱慕，断非虚假——”

“情之所衷，怨望尤烈，怎会虚假？正因其千真万确、并无半点虚假，才贻害荼毒于人哪！”道士接着说：“我乃皇甫天师是也！如今要救你的命，仅有一途：你自连夜兼程快马加鞭出西方三百里外，满一百二十日之后，那‘痴尤’遍处寻你不得，又不耐孤影自伤，便另觅他替去了，其灾可自解。如若不能避处迢递，而竟为‘痴尤’访得，但须等死便是！”

西方三百里外，已是洛阳。吴小员外仓皇买马西行，到了地头上还马入栈，才想起自己身上所带的银两不多，难以支应长久生活。于是只好请托栈里的闲卒捎一封亲笔书信，跑一趟南京，向赵氏兄弟乞援。

赵应之、赵茂之毕竟是他吴小员外的知交，得信之后，立刻催了轩车怒马，满载着金银器用，浩浩荡荡来到了洛阳。两下三人一见面，不由得抱头痛哭起来，赵茂之见吴小员外益发憔悴，哭得便认真；赵应之想从实地安慰安慰老朋友，就拉着手出了旅舍，一指门前车马，笑道：“足敷君挥霍三五月有余！”说时一开车门——里头的确是金银满载，只不过箱子上还盘身坐着个云仙呢，云仙双眼含着泪，吟唱着：“惆怅巫山一段云，背人拂拭解绿裙。惊风又向青鬓去，却到眸边惹雾雰。”从此每到吃饭，云仙总在桌边；每到夜眠，云仙也一定随侍入榻。

吴小员外谨记着皇甫道士的教诲，不与这“痴尤”交接。人鬼既无欢好之实，吴小员外的气色也稍稍恢复了些。加之赵氏兄弟总是在一旁捧着经史卷籍点拨着吴小员外用功，三人浑不将云仙放在眼里。云仙除了喋喋不休地怨叹、咽咽不止地啼哭，似乎也莫可如何。

一十二旬将届，这四人同进同出的僵局似乎不能善罢，吴小员外忽然若有所悟地对赵氏兄弟说："衷情所寄，便是此身；此身不在，情亦不真！我——不如这就死了罢！"说着飞身向窗奔去，这窗在旅舍楼上，旅舍又在大街边儿，吴小员外跳将出去，即便不摔死，毋须转瞬也会教急驰速辗的车马给冲撞得骨肉分离。赵茂之在窗边拦下了，赵应之随后拽住、抱住，合兄弟俩的气力，却怎么也拦不住个一心解悟生死的苦人儿。正纠缠间，窗外传来一声呼喊："是吴小员外么？"

语音不落，那人扔上来一个蜡丸儿，正扔进吴小员外的嘴里，吴小员外再一张望，底下街心的人已经不见了，他倒是认出了那声音，再一思索：蜡丸儿扔进我嘴里，是不让我出声喊人，当然就是为了别叫房旮旯儿里那"痴尤"听到——可见这蜡丸儿里的机关是不许声张的。然而不声张，还是得弄明白呀。吴小员外转念想起当初赵应之教给他一个歪歪嘴、使眼色的眉目把戏，再伸手掏出嘴里的蜡丸儿。

赵氏兄弟多么乖觉，当下合身掩上，遮住窗前，看着像是他俩还拦阻着一个跳楼之人，其实是屏挡着吴小员外抽手撬开蜡丸儿，看看里头的机关。蜡丸儿里是一张团折皱攥的纸片，上书寥寥数行：

子当死，今归，紧闭门户。黄昏时有击者，无论何人，即刃之。幸而中鬼，庶几可活；不幸误杀人，即偿命。皆一死也，犹有脱理耳。

吴小员外当即扔了碎蜡壳儿，将纸搁进嘴里咬嚼吞食，回头对赵氏兄弟说："死，还是要死的，咱回家死去！"赵氏兄弟没看清纸上的言语，可一见老朋友不死了，又嚷着要回家，暂且放了心、松了手，连床脚上蜷缩着的云仙也幽幽咽咽地说："我也是想回家的！"

留书示警的，自然正是皇甫道士——他早就在车上马上贴满了黄纸桃符，箱笼之中还放置着一柄七星宝剑，不消说：化身成云仙的"痴尤"是搭不上这一班便车返回南京的了。然而果不其然，仍如道士所料：这套车马在路上行走了几日，回到南京，才一安顿，乍将门户紧闭妥当，罡风居然自西天掩卷骤至。黄昏来得煞早，天涯地角尽是滚滚霞红，似焰又似血，殷殷如有致意者。吴小员外闻听院落之中步履疾行，盘桓周匝，不忍离去，最后终于上前打门。彼时屋内阒暗无光，院中尚有残阳一抹，门上模模糊糊显出个痴情的形影，真可谓状极哀毁骨立了。室里负心人猛可举剑一刺，剑锋穿窗而出、贯喉而过，登时血流滂沱，看上去并不是刺中了一个什么妖鬼，却仿佛真是杀了个人。

死者尸首俱全，即云仙无误。但是院中有尸，又不像传说中的那般：杀了个鬼，即现出原形，毕竟是些树石狐鼠之类。可这“痴尤”无论怎么看，原形就是云仙，不再有其他的变化。这，再怎么说还是要报官的。衙中捕吏前去找金明池酒肆翁媪问讯，直说女儿死了一年多了；发旧冢验看，衣裳如蝉蜕，却没有尸身。

吴小员外随即出了家，再也不问世间情事。他舍得干净，日久成了高僧，法号悟痴，留有一偈知名，传诵一时：

衷情所寄，便是此身；此身不在，情亦不真。

情痴一度，终须再来；再来何必？尽欢尽哀。

千万不要以为这是个教训女人守节的故事。

拾玖·李仲梓·贪痴品

河北邢台县西南石门镇北有两个相知相好的哥们儿，一个姓张，叫张朴生，一个姓李，叫李仲梓。二人同岁进学，出入相随，可谓情逾手足了。张朴生因为认真读书缘故，四体不勤，得了个旧小说里常见的书生病——痨瘵，久久医不好。李仲梓日日替他奔走周旋，有时指点课业，有时经理门户，有时问方抓药，辛苦奔波，不一而足。

张朴生病笃之际，握着李仲梓的手说：“我们哥儿俩虽属异姓，却不只是一母同胞的相好。我今天死了，留下老母弱妻幼子，惟有托付与仲梓兄，望兄哀而怜之，让我得以瞑目于地下！”李仲梓哭着指天设誓，答应了。张朴生当即含笑而逝。

李仲梓果然不负所言，为张朴生支持一切丧葬用度事宜，还很快地为俩侄儿找了开蒙的老师，课以幼学。张朴生的寡母、寡妻自然都十分感激他。这李仲梓本人也是个矜寡，早早的死了伴当，一直没有续弦。由于往来频繁的缘故，倒是对张朴生那长得标致艳丽的寡妻戴氏平白生出一份好感来。这般的好感一旦滋生，是不会凭空消灭的，总会在心头一点一滴积累，一点一滴催化。日子一长，想到戴氏就心头发痒发酸，恨不能近前表白，撩拨她一句一声的意思。也因为掺和了这等情意，李仲梓更时时致礼于张母，巴不得能得到她的欢心。

一日，张母生了点儿小病，总觉得诸事不遂，便托李仲梓给找个算命的来问问流年。李仲梓当下回张母的话道："我有个表哥，在石门镇镇上是十分知名的卜者，人称王瞎子的便是。"张母一听王瞎子的诨号，立刻乐了，道："我久闻王瞎子师傅的大名，却不知道他就是令表兄，那就快快请了来罢！"

王瞎子不算则已，一算却算出了个灾星。说这张母今岁流年不利，必有大厄，而且亲子难留，必属情深缘寡的际遇。不过这位老太太别有异星嘉惠之福，到了晚年可以享"他姓犹子"的侍奉，颐养天年，是个老寿婆。眼前这点小病，个把月就得痊愈，不值得操心。

接着又给戴氏算，则说：这是个克其本夫的命格，一克即止，此后终身再无变故。算到俩小孩儿，王瞎子叹了口气道：此二子皆短命之相，小儿恐怕在今年就有夭亡之险，得多加留意。戴氏听来听去，就觉得这王瞎子话中有话，言语绕来绕去，竟似有劝她改嫁的意思，不觉大怒，当下一边儿哭，一边儿骂，居然将王瞎子轰出门去了。王瞎子一边跌跌撞撞地向外逃窜，一边苦道："是你命中注定如此，于我瞎子有什么干系？于我瞎子有什么干系？"

李仲梓两边都不愿得罪，连忙护送王瞎子回镇上去。回头之后，才又对张母说："是某荐举不当，是某荐举不当！"从此，李仲梓情知戴氏之心不可动摇，也就本分相待，以礼自持；对于张母倒也毫无疏慢之处。

过了一个多月，张母的病真的好了。又过了不到三个月，张朴生的次子果然也因为出痘疹夭折了。张母不由得想起先前登门相命的王瞎子料事神准，决不是徒托空言，如此一来，反而担心起长孙的性命不保了，那么她这一把老骨头，难道真要去投靠一个什么"外姓犹子"吗？此人又在何处呢？这个念头反复扰祟，及见李仲梓日夕殷勤伺候，心中不免想到：这个儿媳妇性子如此贞烈，要她改适陌路之人，恐怕难于登天，还不如就嫁给相熟的李仲梓呢。

话说隔邻有个姓施的老太婆，经常与张母往来走动。这一天两媪闲话，提起了王瞎子的一番言语。施老太婆道："瞎子一个人的话，哪里靠得住？算命同买菜是一个理，也兴'货比三家不吃亏'的。何不另外再找个人推推算算，也无妨害。"张母一听，觉得有理，即央请施老太婆代为访觅。到了第二天晌午，施老太婆果真带了另一个算命的陈先生同来，俩人手搀着手进门，把张母吓了一跳——原来这陈先生也是个瞎子。

陈瞎子听张母说明了家中三人的八字，作色道：“这三个命，我有二事不明：其一，此家今岁应有五命，怎么只有三张八字帖子？其二，这三张帖子其实早就经高人指点过了，为什么还要老叟多此一举呢？”张母一听这话，也吓得出了神儿，道：“陈先生真是活神仙！”遂将前事一一详告，唯于王瞎子在命理上的推演没说。这陈瞎子听罢，点了点头，掐指算了半天，居然将张家死活五个人的命中之事都说了一通。除了大旨与王瞎子所言几乎完全相同之外，还说了张朴生固然功名未遂，但是戴氏日后自有一份“官诰”的封赏。这里头就有玄机了。

试想：张朴生人已经死透，朝廷封的官诰自然不会从这死人身上来；若说是从张家的长孙来，却也不合于从命中推出的事实，因为前面已经说了：张朴生的大儿子在不久之后也会夭折，一个快要夭折的孩子，又怎么可能替母亲挣得一份官诰呢？张母正要以此诘问陈瞎子，陈瞎子先自开口道：“之前那位高人不是已经指点了老太太一条明路吗？循路而行，便是开运转命，届时一干际遇，自然大不相同了。”

到了这天晚上，张母指着孙儿对媳妇说："你我二人终身所望，就在这小小的孩子身上。要是全依着你的意思，那就是算命先生看出来的个了局，这孩子再有个三长两短，你我是个什么依靠？你何不趁着年纪轻，赘一个到家里来呢？如此你也有了归宿，我也有了倚傍。你意下如何呢？"

戴氏一听这话就惊哭起来，再三坚拒。但是张母的意志已经不可挽回。接下来，就是挑人入赘的计较了。张母还是同施老太婆商议，施老太婆道："三天两头儿进出你家的那李仲梓不是对你老挺孝顺？你打着灯笼上街去找，没见墙旮旯儿里却正有一个？"

这话正合了张母的心意，随即委请施老太太前往说合，李仲梓的回话却是："我同朴生生前谊同骨肉，安能做出这样的事体？如果说唯恐日后无依无靠，毕竟还有李某人在，请转知老太太，眼下不必为此忧戚！"张母听见这话，反而大乐，招赘那李仲梓的心意却益发坚定了。早早晚晚，便去向媳妇儿的耳根嚼裹，既说赘婿入门的好处，复说李仲梓婉拒亲事之恳切。戴氏也知道：婆婆的意思已然是不会更改的，便终于答应了。于是张母才又央请施老太婆去给说李仲梓那一头，折腾了大半年，这门亲事才算订下。

到了成亲这一天，鼓乐具备，管弦齐鸣，华灯高举，贺客盈门。李仲梓也着意打扮了一番，锦衣绣袍，冠带披挂，样样精美整洁，端的是一位翩翩佳公子，由施老太太陪侍而来。二人才到门首，忽然狂风大作，寒气逼人，灯烛尽灭，众人都感到一阵天旋地转。李仲梓抬眼朝里一望，居然看见张朴生从屋内极深之处飞奔而出，左右另有手持铐镣枷锁等刑具的鬼卒数名，纵跃踊跳，如猿猴作醉舞，一阵呼啸近前，围绕着李仲梓吼闹抓打，显然是一副要逮捕到衙门里去的模样。李仲梓急惊倒地，血水就像潮水一般从嘴里涌了出来。贺客中有相熟的，赶忙抬回家去，不料他一醒过来就瞋瞪着一双圆眼，向众人道："都是我！都是我！王瞎子、陈瞎子都是我找来的。我李仲梓机关算尽，却没算到那张朴生根本没死哪！张朴生带着一帮子衙役在新媳妇儿房里等着我哪，要逼问我的口供哪——我就招了罢！都是我！都是我！……"这么反反复复念了几天，李仲梓就死了。

且回头说成亲那日，戴氏镇日里微笑不语，若有所思，时而又不经意地流露出一种恍兮惚兮、如醉如痴的神色，往来亲近的三姑六婆都说：戴氏这是教欲火闷烧得太久，忽一日得遂私衷所愿，居然失心疯了。吉时将至，才有人催着戴氏上楼换衣裳，戴氏作昏昏茫茫之态独自上了楼，也没有什么人好意思去打搅，都说戴氏是过来人，自己能捣饬得过来，不必旁人劳心费手瞎帮忙了。

正说着，这厢李仲梓急惊倒地、口吐鲜血，顶上的楼板则发出十分巨大的一声震响。大伙儿在楼下叫唤，楼上也无人语相应，众人情知有变，立刻冲上楼去、破门而入，却见戴氏已经悬梁自尽——倒是缢绳在圈套处齐齐断了，好似利剪裁过的一般。方才那响动，就是绳断之后、戴氏一跤摔下地来的声音。众人抱起救醒之时还发现：戴氏早就作了万全的准备，她怕万一求死不成，还是要成亲合卺的，遂将上下衣裳以针线密密麻麻缝了个死紧不透。眼看她全节之志坚执如此，有人还感动得哭了起来。

根据戴氏醒来之后的说法：婆婆的意思她不敢违逆，也不敢曲从，唯以一死了之。就在气息将绝、魂已出窍之际，却看见她的丈夫猛可从窗户外跳了进来，顺手挥拂，将缢绳砍断，道："李某已为吾捉去矣！汝死何为？"说完，那形影就消失不见了。

至于施老太婆，当李仲梓见鬼的那一刹那，她也见了鬼，惊仆于地，头触阶石，面目俱伤，卧床好几个月才将养过来，已经瞎了一只眼、残了一条腿。那么，同谋骗人妻室的王瞎子和陈瞎子呢？王瞎子夜晚睡觉之际似觉被人拖曳于地，也折断了一条腿；陈瞎子则喊了几嗓子梦话，醒来之后就哑了。这些都是在李仲梓原本要成亲的那天晚上发生的事。

从此张母再也不逼着媳妇改嫁，而她的长孙并没有夭折。嗣后苦志勤读，中了康熙某科的举人，累仕至郡守（知府），果真为戴氏挣得了一份官诰；戴氏守节抚孤，活到八十五岁，在那个时代，堪称人瑞了。

千万不要以为这是个教训女人守节的故事。这是一个惩治虚情假意的混蛋，也惩治他那些以伪事讹说违背星卜专业的共犯的故事。

敢问买卖故事之人，
又算得是
哪么样儿的一品呢？

春灯宴罢

楼外人听罢朗声说道："春灯公子买卖做得大，敢问买卖故事之人，又算得是哪么样儿的一品呢？"

春灯公子拂袖一笑："那就算我一个'炫奇品'罢！正是——"说着，提笔一挥，赋就五古一首。

楼高俨刺云，危乎入天宫。
横岚遮望眼，零雨断苍穹。
百级傲寰宇，儿童称奇工。
昂然此势巨，於戏竟惊风。
惜其不抖擞，否则乐无穷。
花开名富贵，目极瞰玲珑。
一览人如蚁，巷弄观似空。
春色凭天落，点点入城中。
能将几掬去，涕泣西复东。
高处悲孤寂，千秋一句同。
君不见古来登临者，瞭眺兼挥洒。
岑高叹浮图，李杜空齐野。

薛据何所为，不传犹未写。
我本山东人，寄生海南下。
渐老兴偏诗，交难合更寡。
偶能步高台，遁身摩天厦。
执意岂观光，上国无风雅。
却看渺小人，渺小实不假。
蛮触当斗争，吾党攻彼社。
碌碌仍矜夸，旦旦鸣缶瓦。
君不见高处无仙栖，但有寻仙梯。
我辈忽焉至，求仙亦自迷。
君问仙何在，缥缈当萋萋。
莫道栾太远，仍步少君蹊。
天子呼不至，酒中有灵犀。
一饮堪千首，此才与天齐。
咳唾凌绝顶，慑仙鬼亦啼。
今日良宴会，新诗为君题。
登高何所见，徂东更徂西。
人事变今古，卮言和天倪。
胡为乎携手上高楼，一吟再哽喉。
共看兴亡过，三山隔几秋。

江湖见怀抱，魏阙失清幽。
唯有咏者隐，沉吟破俗流。
风雨生南国，京华不堪游。
横腰沁霾气，过眼数狸猴。
深思寻汉蠹，潜心饭鲁牛。
且祝斯文在，宁呼岁月留。
强君尽一斗，语君且无忧。
千寻高几许，宇里白云浮。

图书在版编目（CIP）数据

春灯公子 / 张大春著. --北京：九州出版社，2017.10

ISBN 978-7-5108-6071-3

Ⅰ. ①春… Ⅱ. ①张… Ⅲ. ①长篇小说－中国－当代 Ⅳ. ①I247.5

中国版本图书馆CIP数据核字（2017）第246336号

春灯公子

作　　者　张大春　著
出版发行　九州出版社
地　　址　北京市西城区阜外大街甲35号（100037）
发行电话　（010）68992190/3/5/6
网　　址　www.jiuzhoupress.com
电子信箱　jiuzhou@jiuzhoupress.com
印　　刷　三河市中晟雅豪印务有限公司
开　　本　700毫米×970毫米　32开
印　　张　9.5
字　　数　150千字
版　　次　2018年1月第1版
印　　次　2018年1月第1次印刷
书　　号　ISBN 978-7-5108-6071-3
定　　价　48.00元

★ 版权所有　侵权必究 ★